LOLA, DESPUÉS DEL FARO

ExLibric

JOHN SULLIVAN

LOLA, DESPUÉS DEL FARO

EXLIBRIC

ANTEQUERA 2024

LOLA, DESPUÉS DEL FARO
© John Sullivan
Diseño de portada: Dpto. de Diseño Gráfico Exlibric

Iª edición

© ExLibric, 2024.

Editado por: ExLibric
c/ Cueva de Viera, 2, Local 3
Centro Negocios CADI
29200 Antequera (Málaga)
Teléfono: 952 70 60 04
Fax: 952 84 55 03
Correo electrónico: exlibric@exlibric.com
Internet: www.exlibric.com

ISBN: 978-84-10076-57-0
Depósito Legal: MA 1539-2024

Impresión: PODiPrint
Impreso en Andalucía – España

Nota de la editorial: ExLibric pertenece a Innovación y Cualificación S. L.

JOHN SULLIVAN

LOLA, DESPUÉS DEL FARO

Introducción

Pocas veces me he sentido tan abrumado como cuando, en menos de un año, *El faro de Estela* trajo consigo el siguiente proyecto. Me encontraba preparando otros libros que ya tenía en mente cuando una petición coincidente de algunos lectores remó en una dirección que alteró mi rumbo: pidieron saber más de Lola, un personaje al que tengo muchísimo cariño y que ha cautivado tanto a este juntaletras que os escribe como a un buen número de sus lectores.

Esta vez os traigo a Lola viviendo su propia historia. Como no podía ser de otra manera, Estela y Jorge estarán a su lado; poca fuerza tendría el vínculo creado en la historia del libro anterior si ahora no estuvieran y, por otra parte, tenían una relevancia especial en el mensaje que quería transmitir: el amor y la amistad, como forma de energía pura, enfrentándose al odio. Ya se podía constatar en *El faro de Estela* y habría sido incoherente dejar a la pareja fuera de esta historia. Además, veremos a una Lola crepuscular, viviendo una etapa oscura de su vida y con cabos sueltos del pasado que también tiene que atar.

Cierto es que me he caracterizado por ser un autor de narrativa erótica. No en vano, hay algunas pinceladas de erotismo en momentos puntuales. No obstante, también es verdad que esta puede ser la menos erótica de mis obras. He introducido algunos momentos tórridos en el contexto

9

de aliviar la tensión de la historia o de atracciones que van surgiendo en momentos críticos, algo que no es extraño que ocurra; sin embargo, más dosis de erotismo no habrían tenido sentido en esta historia, a menos que quisiera introducirlas de manera forzada y artificial.

Siempre ando buscando nuevas formas de narrar, pero reconozco que la esencia musical de este libro salió por casualidad. Verás que, excepto el primero, todos los capítulos tienen nombre de canción de los noventa y en castellano. La música tendrá relación con lo que va pasando a lo largo de este libro, creando momentos de revelación, de contraste, de humor y hasta algún momento un poco espeluznante. Sin embargo, me parecía una forma original de contaros esta historia y de incluir nuevas señales para introducir giros y revelaciones sin dar demasiadas pistas.

También ha habido un pasaje en concreto que me ha costado escribir. No lo considero para nada gratuito; de hecho, la historia me llevaba hasta ahí. Me costó escribirla, porque me parecía dura, aunque era necesaria para completar la debacle que Lola atravesará durante la historia. Me cuesta poder explicarlo sin anticipar lo que quiere decir la historia, pero se entiende cuando se conoce al personaje que la hace pasar por esos infiernos particulares y la historia que tiene con y contra nuestra protagonista.

Poco más puedo deciros, ojitos que me leéis, sólo que ha sido un placer abordar este reto de escribir «por encargo», correspondiendo a vuestra petición y, en parte, complaciendo un deseo que, de alguna manera, compartía con vosotros, aunque no lo supiera hasta que llegaron vuestros mensajes. Gracias por esta nueva oportunidad de complaceros con mis letras. Que Venus y Eros os acompañen.

Por eso, los corazones de los amigos cañones
son corazones de oro, oro por el que te digo
que los mejores amigos son los mayores tesoros.
Y esos tesoros no tienen reputaciones ni bienes
ni hueco en los altares, que los altares se adoran
a la semana una hora y otra hora en los bares.

Juan Carlos Aragón Becerra

Después del faro

—Hasta mañana, bonitos —dijo Lola—. Jorge, no sabía que cocinabas así. Estela tiene que estar muy contenta.

—Lo estoy —respondió la muchacha—, y lo estaría igualmente, aunque no supiera cocinar.

—Claro, como ahora la pizzería es suya… —bromeó Lola.

Jorge se había quedado con la pizzería en la que había trabajado cuando el dueño se jubiló. Entre él y Estela habían pagado el traspaso. Era un negocio con más futuro en ese pueblo que la tienda de motos que soñaba el joven y, además, requería menos inversión.

Lola se despidió de la pareja y salió de la casa. Se había hecho muy amiga de los jóvenes desde aquella noche en el faro. De hecho, ese día habían comido juntos para celebrar el aniversario de la noche en que el odio de aquellos espectros fue vencido con las gotas de amor que eran las lágrimas de aquel frasco. Habían pasado dos años ya.

Al llegar a casa, soltó las llaves en el mueble de la entrada y dejó el bolso en el sofá. Se sentía muy cansada desde aquella noche en que protegió a Estela tras el humo de la tea de palo santo que le había servido de escudo frente a Carlos y sus secuaces. No era la primera vez, desde que descubrió sus habilidades, que tenía que batallar con una situación como esa. Sin embargo, lo que habían tenido que enfrentar Estela y Jorge no era un caso más. Las presencias no eran sólo de personas fallecidas, sino que también eran partes del alma de otras personas vivas. La intensidad de sus energías era mucho mayor de lo que ella jamás hubiera visto. Y el odio de Carlos, suficiente para envenenar a dos almas puras como Mireia y Raúl, le había dejado aquel agotamiento que no terminaba de sanar, pese a los dos años que habían pasado. Nunca, en todos los años que llevaba poniendo sus habilidades al servicio de menesterosos como Estela y Jorge, había tenido que enfrentarse a energías tan poderosas y cargadas de maldad como la de Carlos. Al menos, no en presencias procedentes del más allá.

Se duchó y se tumbó sobre la cama, sin deshacerla ni mover siquiera las sábanas. Había encendido dos velas de color violeta, había trazado su silueta sobre la cama con distintas piedras, y su cuerpo ahora reposaba en ese molde cuyos bordes delimitaban aquellos minerales: cuarzo, obsidiana, turmalina… El incienso de sándalo y una música relajante completaban aquel *spa* para el espíritu en que, esperaba, iría sanando su cuerpo y su alma de las secuelas que le dejó aquella noche. Yacía desnuda y relajada, buscando esa conexión con las energías que pretendía reponer para recuperar la vitalidad de siempre. Ella, que siempre había sido el cascabel de su barrio, se encontraba siempre cansada y decaída. Ella, que era un espíritu libre y liberal, estaba apagada y sin ganas de disfrutar de ese mundo que había vivido y divulgado a otros durante muchos años. Ella, que no perdía su gracia natural ni siquiera cuando el humo del palo santo era su única defensa contra un ente maligno, estaba desmotivada y sin ganas de hacer nada que no fuera lo justo para ganarse el sueldo un día más en aquella cafetería del pueblo.

Resultaba paradójico que sólo recuperaba ese carácter zalamero y afable cuando estaba en el trabajo. Ahí volvía esa sonrisa que alegraba corazones, esa mirada reconfortante y, en definitiva, esa chispa tan propia de ella y que ahora se apagaba en sus momentos de relax. También regresaba esa esencia suya cuando visitaba a Estela y a Jorge. Sentía que ayudarles a encontrar la manera de vencer sus fantasmas y a poder vivir sin lastres su historia de amor era esa misión que la vida le había encomendado. Pero, como pasa siempre, sin una nueva misión que cumplir se va muriendo el soldado. La llama de la vida empieza a apagarse cuando no quedan metas por las que luchar y avanzar día a día. Y ella, que sentía que aquella noche en el faro había sido el culmen en su misión vital de ayudar a otros usando su especial sensibilidad, se sentía vacía.

Lola se levantó de la cama. Se preparó un té turco y, mientras lo sorbía, miraba por la ventana. La noche había cambiado las estrellas por densas nubes y unas gotas menudas sonaban al caer sobre los cristales. Ella no era consciente de cuán sensual era la imagen de su cuerpo desnudo a media luz tras la ventana salpicada por la suave lluvia que se derramaba del cielo en esos momentos. La lámpara de la mesilla, que era la única luz que tenía encendida, parpadeó levemente. Sintió un ligero roce en su nalga. Entonces dio un respingo y volvió la cara, pero no vio a nadie. Lo que más le extrañaba era que no sentía presencia alguna. Ella, que había podido sentir y entender a espectros como aquellos a los que ayudó un par de años atrás a cruzar al otro lado, no comprendía que algún fantasma pudiera llegar a tocarla sin que ella hubiera percibido que no estaba sola. También era cierto que esos dones paranormales se habían ido tiempo después de la noche en el faro y ella no terminaba de asumirlo.

—Habrá sido mi imaginación —acertó a pronunciar. Sin duda, no podía tener otra explicación. Dejó la taza vacía sobre la encimera de la cocina y se fue de nuevo a la cama. Los ojos le pesaban y el cansancio era mayúsculo. Ni siquiera ese pequeño susto le impediría dormirse a los pocos minutos de dejarse caer sobre el lecho.

Despertó con la respiración entrecortada, el corazón latiendo tan rápido y fuerte que le iba a romper las costillas y empapada en sudor. Había vuelto a tener esa pesadilla. De nuevo, el globo terráqueo, convirtiéndose en un rayo que la perseguía y que, al alcanzarla, se transformaba en una dama oscura, de tez blanca y apariencia gótica, que blandía una guadaña. Su apariencia siniestra contrastaba con la calma que transmitía. Una calma fría que, pese al contraste, armonizaba con esa imagen de muerte con que la pesadilla terminaba. No por acabar de desarrollarse lo que fuera a ocurrir en ella, sino por el sobresaltado despertar de Lola. Esa pesadilla llevaba meses persiguiéndola casi a diario.

Lola no entendía esa concatenación de imágenes simbólicas, sólo la de la muerte. Pero las otras dos que la originaban no tenían sentido para ella. Lo que le resultaba novedoso era ese pequeño roce en la nalga que había sentido poco antes de acostarse, cuando aún sorbía su té en la ventana. No obstante, atribuía todo a ese estado casi depresivo en que se encontraba. Ni siquiera esas habilidades paranormales que la habían convertido en una ayuda importante para otras personas le estaban sirviendo ahora que parecía necesitarlas para ella misma. Ni siquiera había podido mantener, desde hacía mucho tiempo, esas charlas que tenía con su marido al caer la noche y volver del trabajo. Lola había enviudado diez años antes y su consuelo era poder hablar con él un poco gracias a esos dones que le permitían tener contacto con quienes ya se habían ido. Ahora que esos dones se habían ido, no le quedaba ni tan siquiera ese consuelo.

No lograba dormir de nuevo, la pesadilla la había desvelado. Abrió una cerveza y encendió el ordenador. Necesitaba entretenerse mientras esperaba el amanecer o el regreso de Morfeo. Entró en un chat. Aun siendo tan profunda y espiritual, pensaba que no está nada mal de vez en cuando bajar a la tierra con el resto de los mortales y echarse unas risas con las ocurrencias de la gente.

Pasadas unas horas, el sueño parecía volver a Lola, que bostezaba y se frotaba los ojos. Sin embargo, también había llegado el amanecer. Y, encima, tenía turno de mañana en la cafetería del pueblo.

Al llegar al trabajo, Lola se transformaba. Aún le quedaba ese gracejo que conquistaba a su clientela, a pesar de que por dentro tenía esa sensación de hastío, esa carencia de energía para ser la de siempre. Como un payaso que lleva la sonrisa pintada ocultando el ceño fruncido del alma, daba la cara de siempre a los clientes del pueblo. Con un «buenos días, bonitos» saludaba a los primeros que llegaban a tomar el café antes de ir a trabajar. Aunque sonreía de forma automatizada, sus ojos recobraban la calidez. De algún modo, aunque no se iba lo que fuera que provocara su vacío, la presencia con que acostumbraba a atender a la clientela le devolvía un trocito de vida. El descanso obligado al acabar la jornada era, paradójicamente, una penitencia. Volvía a faltarle la energía, esa ansia de seguir adelante que siempre la había caracterizado. Y, al no conseguir entablar esas charlas nocturnas con su amado Gabriel, su difunto marido, esa apatía se acentuaba. Irónicamente, tras tantos años intentando que descansara y pasara al otro lado, ahora sentía la falta de esa presencia que le recordaba tiempos más felices. Y es que, de algún modo, esa jovialidad de Lola tenía el mismo origen que ese gracejo que siempre se atribuyó a su Cádiz natal: la necesidad de reír por no llorar.

Pisando fuerte

Al salir del trabajo, Lola decidió ir a pasear por la playa. No le apetecía encerrarse en casa con sus pensamientos y sus interrogantes. Necesitaba esa sensación de cansancio y esa nueva energía que, al mismo tiempo, nacen de un paseo por la orilla del mar. Aparcó en el paseo marítimo y dejó sus zapatos en el coche. Amaba el tacto de la arena bajo sus pies, aunque antes y después tuviera que sentir también la aspereza de las tablas de madera que componían la pasarela de entrada a la playa. «Cuándo arreglarán esto», rezongaba Lola cada vez que pisaba con cuidado de que una astilla caprichosa no arruinara su paseo sanador.

Por fin (no es que fuera un trayecto largo, pero el ansia de llegar a la arena se lo hacía infinito), ganó su posición en la arena y se acercó a la orilla. Se había cambiado al salir del trabajo y llevaba un cómodo y corto vestido que le permitía caminar mojándose los tobillos sin que la tela mojada supusiera después un suplicio. Recordaba sus paseos de sus tiempos más juveniles por la playa de Camposoto, en San Fernando. Viajaba en el tiempo conforme recorría aquella orilla, recordando la Punta del Boquerón mientras llegaba a un espigón donde algunos paisanos pescaban con cañas largas que, en su Cádiz natal, llamaban «del país». Recordó también las calas de Roche, las de Conil de la Frontera y la playa de El Palmar cuando llegó a la zona más apartada y menos concurrida de la playa. De hecho, a esas horas y en esa época del año, apenas estaban aquellos hombres en el espigón, que ya se había quedado muy atrás. Casi movida por sus recuerdos, se quitó el vestido y se metió en el agua hasta la cintura. Nada la acercaba más a aquella juventud de playas vírgenes y felicidad al sol que bañarse desnuda en aquellas calas, que emulaban a las que en ese momento evocaba su memoria.

Lola se dejaba mecer, tumbada sobre el agua haciendo el muerto, mientras las leves olas y su tenue resaca parecían acunarla. Su memoria viajó a ese momento en que un militar, de los muchos que había destinados donde ella vivió su juventud, se acercó a ella con elegante descaro y la invitó a una copa. Ella, que ya estaba más que acostumbrada a ser cortejada por cuanto foráneo y vecino se acercara, aceptó con el mero afán de pasar un rato entretenido sabiéndose en control de la situación. Y es que vivir en una zona donde cada nueve meses entraban nuevos ciclos de reemplazo para el servicio militar daba muchas tablas a la hora de manejar, para bien o para mal, el devenir de aquellos encuentros. Sin embargo, aquel joven se comportaba con una educación y una cortesía tan exquisitas que Lola entendió pronto que no haría falta tirar de picardía para zafarse de una situación incómoda que nunca llegaría. Los pulidos modales de aquel chico y la pureza de su mirada le hicieron comprender que estaba ante alguien diferente.

«Soy el sargento Yáñez, pero prefiero que me llames Gabriel» fueron las palabras que resonaron en la mente de Lola mientras flotaba desnuda y recordaba aquella noche en que una copa le cambió la vida.

Se sintió mucho mejor al salir del agua y paseó un poco mientras el sol secaba su piel. Cuando sintió que ya sólo quedaba humedad en su pelo, se vistió y emprendió el camino de vuelta hacia el coche. Había decidido que llegaría a casa y encargaría algo de comer en la pizzería de Jorge. No tenía ganas de cocinar y, mucho menos, de recoger. Prefería leer un rato, buscar el relax total y tratar de concentrarse. Echaba mucho de menos a aquel sargento Yáñez, que hacía diez años que le faltaba, y necesitaba recuperar esa habilidad de comunicarse en el más acá con el más allá.

Andaba absorta en esos pensamientos cuando sintió que algo le levantaba la parte baja del vestido. Sintió como si una mano agarrara su nalga; ya no era el roce sutil que había sentido en su casa, sino un agarre en toda regla. Lola se quedó inmóvil, paralizada por el susto, mientras sentía ahora dos manos recorriendo su cuerpo de una forma nada suave, con un ansia que rozaba la desesperación. De repente, lo que quiera que fuera aquello paró. Su vestido volvió a su sitio, teniendo sólo que recomponerlo un poco. Como había pasado con Estela en su día, ahora era Lola quien no entendía nada. Y es que, con sus habilidades en plenitud y viendo las cosas desde fuera, era más fácil entender lo que pasaba en cada ocasión. Pero ahora estaba en todo el meollo de la cuestión y sin poder ver ni oír nada que le diera un norte para entender y acabar con aquello. Dentro del desconcierto y de lo asustada que se sentía, había sentido cierta excitación. Ese tipo de encuentros sorpresivos e intensos formaban parte de una vieja fantasía de Lola que nunca había llevado a cabo, pues la rectitud y la finura de Gabriel no eran compatibles con hacer algo de forma sorpresiva y, mucho menos, simulando un encuentro forzado. Pero ella esperaba algo más consensuado, con términos, límites y palabra de seguridad como es habitual en los ambientes liberales; la ausencia de acuerdo alguno enturbiaba lo excitante de esa fantasía que casi se le cumple súbitamente en la playa.

Llegó a casa sobresaltada, justo lo contrario de lo que necesitaba para intentar recuperar sus charlas con Gabriel por la noche. Otra noche sin el consuelo que esas breves pláticas le ofrecían para paliar la pérdida del amor de su vida. El susto que aún latía en su interior se sumaba al dolor y la desesperación. A pesar de los años, no se sentía preparada para asumir el momento de no verlo nunca más. Al menos, mientras ella misma no transcendiera hasta el plano espiritual. El timbre de su puerta la sacó de sus pensamientos. Ni se acordaba de que había encargado una *pizza* y ese pequeño respingo que dio fue la mora verde que quitó la mancha de mora que había llenado su mente, el miedo que había pasado en la playa. Pagó la *pizza* y despidió amablemente al repartidor. Comió con cierta calma, aunque preguntándose de dónde había salido esa sensación de que el vestido se levantaba y unas manos hollaban sin tacto alguno por su cuerpo.

¿Quién desde el otro lado de la muerte querría agredirla de esa manera, usando una fantasía que tampoco mucha gente de su entorno conocía?

Lola entró en su habitación y puso algo de música mientras yacía desnuda sobre la cama. Desde que perdió su don de comunicarse con las almas y de poder hablar un poco con su amado Gabriel, ponía música de los noventa. Aquella década en la que fue feliz hallando un amor que la acompañaría hasta que el triste fin de aquel joven elegante y educado la dejó de nuevo sola. «Hasta mañana, bonito», resonaba la despedida en su mente, donde Gabriel le había propuesto que se vieran de nuevo al día siguiente mientras Alejandro Sanz cantaba *Pisando fuerte*.

Ella había vuelto aquella noche a su casa y, en aquella habitación que tenía para sí desde que se casó su hermana, pasaría aquella noche recorriendo su piel con sus manos, imaginando que era ese joven apuesto quien la acariciaba, deseándolo y sintiéndose tan seducida como febrilmente excitada. Y así estaba décadas después, acariciando su cuerpo, recordando aquella ensoñación postadolescente. En ese momento, acababa *Estoy por ti*, de Amistades Peligrosas. La música parecía, hasta entonces, sincronizarse con sus recuerdos y pensamientos; sin embargo, el tema que venía después rompió ese clímax que parecía haberla devuelto al relax y a sentir el erotismo sutil de Gabriel imitado por sus manos; era difícil mantener ese clima de deseo y relax con Zapato Veloz cantando la del *Tractor amarillo*.

No pudo contener una risotada, mientras pensaba que tenía que hacer otra recopilación más adecuada a sus recuerdos. No obstante, algo más relajada sí que estaba y pensó que quizá necesitaba hablar con alguien. Llamó a Estela y quedaron en su casa para tomar un café con bizcochos. Encontró la casa ligeramente diferente, más acogedora y espaciosa que de costumbre. Estela le contó que estaban adecuándola para ganar espacio y adaptando una habitación: habían decidido que era el momento de ser padres. Lola la abrazó y la bendijo a su manera, no acorde a credo alguno, pero sí con sus rituales espirituales.

Pasaron a la otra salita para merendar.

—¿Qué dices? ¿De verdad? —Estela tenía los ojos como esos platos anchos donde se servían las *pizzas* familiares—. ¿Desde cuándo te está pasando?

—Hace ya tiempo. Imagínate, ya ni siquiera consigo hablar con Gabriel. —A Lola le estaba costando entrar en detalles—. Y aún hay más. En mi casa…

Las palabras de Lola, narrando aquel roce en la nalga y lo sucedido ese mismo día en la playa, dejaron muda a la farera. Cuando le dijo a qué altura de la playa estaba cuando sintió aquellas manos desesperadas, Estela no se lo podía creer.

—No puede ser… ¡Es donde se me apareció aquel espectro con la forma de Jorge! —exclamó, tratando de digerir aquello—. ¿Han vuelto?

—No, no eran ellos, bonita mía. Era otra presencia. Pero sólo pude sentir su energía. Ya sabes, ahora mismo no encuentro mi don. —Lola se encogió de hombros. Se sentía como un superhéroe que hubiera perdido sus poderes.

Estela fue un momento a la habitación grande, la que compartía con Jorge, y trajo una cajita. Saco una varilla de incienso y la encendió, mientras buscaba algo en su interior. Lola ya imaginaba qué era e hizo además de rechazar el ofrecimiento, pero Estela insistió hasta convencer a su amiga. Sabía que la joven podía ser muy testaruda y acabaría convenciéndola por desgaste. Sacó un colgante con una piedra negra en forma piramidal con detalles en plata que se unía a la cadena plateada por una pieza cuyo diseño insinuaba una especie de escudo.

—Negro con plata, mata —dijo Estela—, como tú me enseñaste. Y si no lo mata, al menos te protegerá.

—Ay, bonita, no sé yo —intentaba excusarse Lola—. ¿Y si lo necesitáis?

Estela le enseñó otra cajita llena de palo santo. Le hizo un guiño que Lola entendió al momento. Mientras ella se recuperaba y recobraba sus poderes, tenían protección. Soltó la cajita en la mesa y puso el colgante a la bellísima rubia. Mientras esta se sujetaba el pelo para recibir de vuelta el amuleto que ella misma había dado a Estela tras la noche del faro, la joven dio un suave lametón a su cuello una vez hubo abrochado el cierre del collar. Lola, con una sonrisa pícara que hacía parecer que la apatía hubiera desaparecido, dejó su melena suelta de nuevo como si fuera una cortina que cobijara a su amiga, como si quisiera pedirle que no se detuviera. Con las manos libres y dejándose llevar, acarició la cara de Estela mientras esta besaba y lamía su cuello. La farera levantó brevemente el vestido de Lola, conocedora de su escasa afición por la ropa interior. Si llevara algo, sería un minúsculo tanga. Y ahí estuvo, mimando los labios y el cuello de quien fue su salvadora en el faro mientras su mano acariciaba esas partes de su cuerpo que el vestido ya no estaba cubriendo.

La ropa cambió de lugar, de envolver los cuerpos a posarse en la mesita, cayendo por azar sobre las cajas al ser arrojada en medio del pasional arrebato. Las dos mujeres se besaban y acariciaban en el sofá, un amplio *chaise longue* de color jade. Se abrazaban, se mordían, se besaban, se colmaban de caricias… Los jadeos de Lola, mientras besaba el busto de una Estela desatada, encendían a esta aún más por el tacto de su aliento y el roce de sus cuerpos. Rugió, de repente, la dama del palo santo mientras la joven farera gemía con fuerza en un orgasmo para sus cuerpos y almas. Siguieron besándose, con la suavidad de quien ha encontrado el relax más reconfortante y quedaron tumbadas, y a gusto sobre el sofá.

—Tengo un tractor amarillo… —canturreó Estela y las dos estallaron en un sinfín de carcajadas.

20 de abril

—Me pierdo las mejores ocasiones. —Jorge acababa de llegar.

—Jorge, me alegro de verte, bonito. —Lola se levantó y le dio un abrazo de los que traspasan el corazón.

Estuvieron charlando los tres, poniendo a Jorge al día. El muchacho no daba crédito a lo que estaba oyendo: Lola sin su don, las extrañas visitas… Algo intuyó cuando vio a su amiga con el colgante, que ella misma les había dado, pendiendo de su cuello y adornando el espacio que separaba sus pechos. Sin embargo, el relato de Lola era una sobrecogedora confirmación. El ansia, casi violencia, con que aquellas manos la habían recorrido resultaba inquietante. Él y Estela se ofrecieron a ser su refugio mientras pasaba esta racha tan extraña, en renovado agradecimiento a quien, dos años antes, había guiado su liberación de aquellos espectros que los habían traído de cabeza.

El sol ya había caído y Lola se marchó. Se sentía mucho mejor tras aquella tarde tan agradable y muy relajada. No era la primera vez que Estela y ella compartían su intimidad. De hecho, alguna vez lo habían hecho también con Jorge, tanto juntas como por separado. Tal era la confianza que había entre ellos y el vínculo que tenían. Pero Lola, acostumbrada siempre a cuidar y proteger, no lograba acostumbrarse a ser ahora quien necesitaba cuidado y consuelo.

Llegó a casa, relajada y contenta por la tarde que había pasado en compañía de Estela y Jorge. Cuando ocurren cosas que no puedes entender, reconforta saber que tienes con quién contar y, aunque ya lo sabía de forma implícita, oírlo de boca de esa pareja amiga la envolvía en una manta de tranquilidad. Y esos eróticos retozos con la farera habían hecho salir de ella gran parte de la tensión de los últimos días. No se daba cuenta, pero, al menos durante el camino de vuelta, su paso había recobrado ese brío que era natural en ella. Entró en su casa, se desnudó y puso música. El agua caliente acarició su cuerpo y la relajación crecía conforme el vapor empañaba el espejo del baño. Al salir de la ducha, encendió otra varilla de incienso y cenó algo ligero.

«Veinte de abril del noventa. Hola, chata, ¿cómo estás?...» Celtas Cortos sonaba en su aparato, mientras ella tomaba una infusión, con su camisón transparente, mirando por la ventana como si esperase una visita.

—¿Te sorprende que te escriba? Tanto tiempo, es normal —replicó una voz.

Lola se volvió buscando aquella voz. No le supuso sobresalto alguno. Sonreía mientras buscaba esa imagen que el breve canturreo le había traído a la memoria. Esa imagen que volvía sin haberse ido, ese elegante hombre con su uniforme blanco. Era la voz de Gabriel.

—Gabriel, ¿dónde estás? Te oigo, pero no te veo. —Lola lo buscaba. Estaba nerviosa, como en aquella segunda cita para la que quedaron después de aquella primera copa—. Venga, tonto, déjate de bromas.

—Siempre supe bromear, pero ahora no es el caso. —Las palabras de Gabriel hicieron que Lola se sobrecogiera—. Estoy aquí, delante de ti.

Lola se sintió frustrada por no poder verlo, aunque oírlo calmaba levemente sus ansias. Contaba al aire lo que le pasaba, cómo se sentía sin su don y sin poder ver al amor de su vida, aun teniéndolo delante como en ese momento.

—Lo sé, mi amor. Te veía, aunque tú a mí no. Yo te sentía, pero tú no me encontrabas —explicó Gabriel, apenado por no poder mostrarse ante su amada.

—Entonces, ¿fuiste tú quien me rozó el culo aquí en casa? ¿Tú fuiste quien me tocó con tanta violencia en la playa? Vaya susto me diste, bonito —preguntó Lola, picarona.

Sin embargo, su cara cambió ante la negativa de Gabriel. Por otro lado, él nunca la habría tratado así, y ella lo sabía. La esperanza había hecho que quisiera creer tal cosa, aunque su amado siempre había sido muy delicado y sutil a la hora de dejarse llevar por la pasión.

—¿Quién sería entonces? Me recorría con las manos de tal manera que me hacía sentir incómoda. Ya sabes, tenía esa fantasía, pero quien fuera no parecía estar jugando…

—No se me ocurre una respuesta, la verdad —admitió Gabriel—. ¿Estás segura de que no quedó nadie de aquella aventura en el faro?

—Completamente, tesoro. Carlos fue destruido por Raúl y Mireia, y ellos, como los demás unas horas antes, pasaron al otro lado. Además, no tenían nada contra mí, todo era contra

Estela y Jorge —respondió Lola. Sin embargo, coincidía en el tiempo con aquel deterioro y posterior pérdida de su don.

—Sin embargo, hoy me estás oyendo, aunque no me veas. —Gabriel estaba pensativo. Todo era confuso, demasiado para la analítica mente del sargento Yáñez. El silencio se hizo, al tiempo que la canción que sonaba iba tocando a su fin—. Hoy no queda casi nadie de los de antes y los que hay han cambiado, han cambiado —recitaba, a la par que sonaba la música, ante la nostálgica sonrisa de Lola.

Ella miraba hacia ese punto del que provenía la voz de su marido. Aun sin ver nada, sabía lo que pasaba. Siempre tarareaba o recitaba algo para cambiar de tercio cuando se sentía atascado en una conversación o cuando le daba rabia no entender una situación. Sabía que estaría cabizbajo, con el puño cerrado dejando sobresalir los dedos corazón e índice, que hacía girar como si estuviera moviendo un engranaje imaginario y, con él, las ideas que trataba de hacer encajar. Ninguno de los dos entendía nada y, donde ella sentía cierta angustia, él se frustraba por no poder aportar su racional tranquilidad. Luego, Lola sintió un leve beso en los labios y la lejanía, cada vez mayor, de aquella presencia tan deseada; Gabriel se despedía, consciente de que no le quedaba mucho tiempo por esa noche para ver a su amada. Cada encuentro suponía un gran desgaste en la energía de ambos y él, tan cuidador como siempre con ella, sabía que tendría que marcharse para que ella pudiera recuperarse y afrontar un nuevo día.

Se sentía vulnerable, desnuda en aquella habitación y con las lágrimas deslizándose lentamente por sus mejillas tras una nueva despedida de Gabriel. Sin embargo, también se sentía reconfortada al saber que él, aun sin ser visto ni oído, estaba pendiente de ella. Y es que el sargento Yáñez estaría siempre vigilante para ella, procurando que no le pasara nada o, al menos, poder avisarla si algo ocurría. Aun en el más allá, su guardia no terminaría nunca, siempre estaría atento. Irónicamente, como si algún pinchadiscos estuviera presente, en ese momento empezó a sonar Police con su *I'll be watching you*. Lola dio las gracias al aire, como si Gabriel le hubiera dedicado esa canción al marcharse.

Pasaban las horas y el sueño no llegaba. Se dirigió a la cocina y se preparó una infusión. Pocas cosas la relajaban tanto como tomar una taza caliente mientras miraba por la ventana en la oscuridad de la noche, sabiendo que no veía nada. Quizá fuera eso lo que le infundía esa sensación de paz, encontrar esa negrura ante sus ojos y su propio reflejo en los cristales. Ella, sola consigo misma sin nada más que la distrajese. Incluso, a veces se decía que se veía a sí misma cuando abandonara su cuerpo y tomara forma espectral, pues el reflejo era difuso y sólo la oscuridad la rodeaba. Y es que Lola tenía una especial fascinación por la idea de la muerte, por los misterios que aguardan al otro lado y con los que la humanidad lleva toda su existencia rompiéndose la cabeza. A fin de cuentas, sus dones le habían otorgado la conciencia de que había más que un fin abrupto para la vida, aunque tampoco tuviera claro qué pudiera ser. Ningún alma que hubiera cruzado había regresado para contarle qué había detrás de la luz.

De nuevo, como en la playa, unas manos comenzaron a recorrer su piel. Sin ropa que pudiera estorbarle, quien fuera que allí estaba manoseaba su cuerpo, aunque con más suavidad que esa mañana. Más que ese conato de agresión que sintió en aquella orilla, parecía una suave disculpa de alguien que conocía esa fantasía de Lola de verse sorprendida y sometida, mostrando una sutileza diametralmente opuesta a lo vivido junto al mar. Lola no oponía resistencia, queriendo pensar que fuera una nueva travesura de Gabriel o, incluso, de alguna vieja amistad con la que hubiera compartido alguna de sus fiestas liberales a las que ella y su esposo eran asiduos. Sin embargo, una sensación extraña deshizo esos pensamientos: la suavidad no enmascaraba del todo el ansia que aquella presencia mostraba, parecida en lo carnal a una suerte de hambre atrasada. Lola se revolvió, zafándose de aquellas manos y mirando a todas partes, alarmada. Pero, como cabría esperar, no vio a nadie. Allí solamente estaba ella y, si hubiera alguien más, necesitaría de esos poderes perdidos para verlo. Sólo vio que de su mesa caía una hoja de la libreta que tenía siempre para no olvidarse de las cosas importantes. Al recogerla, vio que había algo escrito:

«¿Recuerdas aquella noche en la cabaña del Turmo?»

Quien quiera que fuera, la conocía. Sabía de su fantasía y de su gusto por esa canción. Y sabía que no había estado en ninguna cabaña, pero así llamaban ella y sus amigos de juventud a la tienda grande que usaban en las escapadas que hacían juntos para acampar en Los Caños de Meca: la cabaña del Turmo. Allí, además, solían conocer a multitud de personas nuevas que pasaban los veranos o, incluso, iban de *camping* en primavera u otoño, cuando el calor no era tan intenso en aquellos lares. Era como si le dejaran una pista con esa nota, aunque tampoco aclaraba gran cosa. Aunque apuntaba en una dirección, en ella había demasiada gente como para saber quién querría comunicarse con ella y tomarla de ese modo. Lo único que tenía claro es que debía ser alguien que había conocido en aquellos tiempos de escapadas, acampadas y correrías juveniles. Y de quien se alejó cuando Gabriel apareció en su vida, pues pronto empezaron a querer pasar más tiempo a solas o, al menos, con menos gente alrededor.

Lola empezaba a tener sueño. Era cierto que las caricias le habían provocado cierta excitación hasta el instante en que algo comenzó a darle mala espina. Sin embargo, una vez que empezaron a bajar tanto la libido como sus pulsaciones, notaba que el cuerpo le pesaba, que su cabeza ya pedía descansar y que los ojos lagrimeaban tras cada bostezo. Encendió un poco de palo santo y lo puso delante de la cama antes de tumbarse en ella y dejarse vencer por el sueño. Ya habría tiempo para tratar de averiguar algo.

Corazón indomable

—Buenos días, bonitos —saludaba Lola a los clientes al llegar a su turno. La mirada tierna, la sonrisa pizpireta y ese gracejo tan propios de ella cautivaban a los asiduos y a los turistas que, de vez en cuando, se dejaban caer por el pueblo.

Normalmente, entrar a trabajar suele ser el momento del día en que dejamos de ser nosotros mismos y nos convertimos en esa pieza que hace que el engranaje entero funcione para que el negocio salga adelante. Sin embargo, para Lola, su jornada era la mejor parte del día. No estaba sola, le gustaba lo que hacía y se sentía satisfecha cuando conseguía transmitir esa vitalidad y buena energía a quienes sólo iban buscando un café o una copa. La sonrisa ajena era la llave para que la rubia camarera pudiera mantener la suya. Aparte, le encantaba bromear y hacer alguna payasada para que la clientela se riera y se olvidara un rato de los avatares propios del día a día. No era extraño que hiciera algún comentario gracioso sobre los gustos de algún cliente conocido por los demás o que emulara el cruce de piernas de Sharon Stone, dándole un toque de parodia y comicidad que bien pudiera recordar a Lina Morgan. Y es que Lola, en esos momentos extraños que estaba pasando, se daba cuenta de que su trabajo era el único lugar donde no había nada que temer: podía ser ella misma, se relajaba, se divertía y hacía divertirse a la parroquia de aquella cafetería. Era como si ese ambiente distendido y alegre le devolviera esa parte de ella que le faltaba desde hacía tiempo y la convirtiera por unas horas en esa mujer segura y firme a la que ninguna presencia pudiera amedrentar.

Por desgracia, la jornada terminaba pronto y, con la tarde, llegaban esas horas muertas en las que no sabía qué hacer. De momento, se preparó una ensalada de pasta y almorzó en casa, con cierta parsimonia. Llamó a Estela y Jorge para decirles que estaba bien y contarles los últimos acontecimientos: la conversación con Gabriel y esa nueva visita que rompió con el sobresalto la magia de haber podido hablar de nuevo con su amado. Ellos se mostraron inquietos ante esto último; además, no sabían muy bien cómo ayudarla. Se ofrecieron de nuevo a acompañarla e, incluso, acogerla en su casa para que las horas en soledad fueran menos. Lola, sin embargo, declinó la propuesta hasta, al menos, saber que su presencia no sería un peligro para ellos. Si habían decidido ir a por el bebé, lo último que les hacía falta era que nadie atrajera una presencia maligna a su hogar. De hecho, los tres sabían muy bien lo que era eso tras aquella experiencia de hacía dos años. Quedaron en que ella iría informándoles de todo cuanto aconteciera, a ver si encontraban alguna explicación o solución. A fin de cuentas, tres cabezas piensan mejor que una y la feliz pareja había aprendido algo de su amiga médium.

Tras colgar el teléfono y recoger el fregado, Lola no tenía ganas de dormir la siesta ni de reposar un rato. Decidió coger un libro y bajar a la playa. El día estaba apacible, soleado, con algunas nubes esparcidas por el cielo cual granos de sal y una temperatura agradable, aunque no tan calurosa que pudiera incitar al baño. Sin duda, sería un buen día para leer al aire libre y con el aroma del mar inundando de frescura el propio aire. Eligió una lectura corta y fresca, acababa de terminar una novela de Patricia Gallardo, *El legado de Sybill*, que la había mantenido en vilo y la había hecho pensar durante el tiempo que la estuvo leyendo. Así que necesitaba una obra más breve y menos compleja y eligió *Nombres de mujer*, del que sólo sabía que era una colección de relatos eróticos y cuyo autor era un desconocido que apenas comenzaba su andadura literaria. Cuando hubo llegado a la playa, se encontró con el panorama esperado: apenas unas cuantas personas paseando, lejos de la ingente cantidad de gente que solía darse cita en los días de calor. Y, desplegando su esterilla, se acomodó y se dejó transportar por los relatos que leía.

Disfrutó con un relato que se llamaba «La luz del sur», con tantos guiños a su Cádiz natal que era inevitable sentir un poco de nostalgia entre los párrafos que lo componían. Era la primera vez que un relato erótico le hacía saltar unas lágrimas. Sin embargo, no tardó en salir de ese estado de excitación y añoranza: la marea había subido un poco y le había mojado los pies. No vio otra opción que recoger sus cosas y marcharse, ya que la subida de la marea también le indicaba que llevaba ahí un buen rato y que era hora de ir a casa. Sin embargo, la sensación de relax que siempre produce la playa (ya podías haber dormido en ella toda la tarde que llegabas a casa con sueño y cansancio) había llenado a Lola de paz y, pese a la súbita interrupción de la atrevida agua salada, hizo camino sonriente, contenta.

Entró en su casa, se dio una ducha y tomó un tentempié ligero que haría de merienda cena. Se encontraba como nueva, tumbada y disfrutando de la relajación que en ese momento residía en cada poro de su piel.

—Su corazón es indomable y no me quiere, yo me muero por su amor… —canturreaba una voz.

Lola miró hacia atrás por puro instinto. Sabía que hacía tiempo que no podría ver a nadie que no tuviera cuerpo. Sin embargo, ahí estaba el uniforme blanco, sus ojos marrones y esa voz que no perdía la elegancia ni para bromear.

—Ga… Gabriel. —Lola ni acertaba a decir su nombre, sorprendida por volver a verlo. Corrió a abrazarlo, sintiéndolo una vez más, aun a sabiendas de que no podría atraparlo y espachurrarlo contra su pecho como deseaba. Ya se sabe, esa dichosa incorporeidad que apenas permitía sentir un beso y poco más, sin poder sentir a su amado como cuando estaba vivo. Y es que, a veces, hace más la sugestión que provoca el propio deseo que las propias sensaciones reales. O las ganas de hacer travesuras, como había vivido con Estela en su momento.

—Mi tesoro, ¡puedes verme! —Gabriel también estaba sorprendido, consciente de cuánto estaba pasando su viuda.

Lola tartamudeó algo ininteligible por la emoción, volvió a intentar apretar contra su pecho el alma de su amado, hasta el punto de que se rozó la cara con una de las palas que coronan las hombreras del uniforme y que muestran la divisa del galón que se ostenta. Las lágrimas de alegría corrieron por el rostro de la hermosa rubia, cuya sonrisa habría eclipsado la propia luz del sol con su brillo. Y ese roce líquido por sus mejillas le producía un leve cosquilleo que la hizo despertar. ¡Maldita sea! ¡Había sido un sueño!

Cuando al fin parecía que recuperaba sus dones y podría ver de nuevo a Gabriel, como solía, en pleno llanto, la sensación en su mejilla la hizo ir a mirarse en el espejo. Tenía la parte inferior del pómulo un poco roja, como si se hubiera rozado con algo. No quedaría marca como aquel chupetón del que Estela le había hablado, pero en ese momento su piel tenía un leve tono rosado. En ese momento cayó en la cuenta de que había algo más por lo que inquietarse que por ese sueño tan real que había marcado su cara: Gabriel nunca hubiera cantado esa canción, no le gustaba nada. ¿Qué estaba pasando aquí?

Lola se levantó del sofá, recogió el plato en que se había llevado el piscolabis al salón y lo dejó en el fregadero. Preparó una infusión y volvió a su ritual, tomando esa infusión junto a la ventana, con su camisón negro con transparencias abierto sobre su cuerpo desnudo, mirando en lontananza al paisaje de la nada. Su apariencia, siempre sensual, tomaba tintes siniestros por la oscuridad que había fuera y su cara desencajada, aún asimilando el extraño sueño que acababa de vivir. Lo que hubiera sido una evocación amable, como era un reencuentro con su amado sargento Yáñez, había cobrado tintes inquietantes con ese estribillo de Camela, que a él no le gustaba nada. Era como si, en vez de a su amado difunto, hubiera visto un muñeco de ventrílocuo de esos con cara de psicópata que salen en las series americanas.

El desasosiego era patente. Las lágrimas brotaban de su cara, esa que se caracterizaba por una sonrisa contagiosa y ese gracejo suyo que llenaba la terraza de la cafetería; esa sonrisa que era capaz de conjurar el miedo de una amiga en apuros; esa que no perdía ni enfrentándose a unos espíritus con malas intenciones como aquella noche en el faro. Ya no era la pérdida de su don de médium, ni la desgana contra la que llevaba tanto tiempo luchando. A ambas cosas se sumaba la sensación de perder su identidad, de preguntarse «dónde estás», de sentir que se había abandonado a sí misma y tenía que hacerse volver para poder afrontar y resolver lo que le estaba pasando. Tocó su amuleto, que llevaba colgado desde que salió de casa de Estela, y se llevó otra sorpresa desagradable: la piedra estaba agrietada, su tacto era áspero en comparación con la suavidad que dejaba sentir su superficie cuando era de piedra pulida. Sabía que estaba cumpliendo con su función protectora; si bien, lo que fuera aquello que la amenazara tenía bastante fuerza como para dejar esas mellas en su escudo. Sin embargo, como en ese estribillo que tan mala sensación le había dado, Lola era un corazón indomable. Y, lejos de dejarse llevar por esa caída sin fondo, decidió que tenía que hacer algo, lo que fuera, aunque no tenía muy claro qué.

Movida por la desesperación, se vistió y montó en su coche. El camino sería corto, aunque debía tener cuidado por lo escarpado del terreno a donde pretendía ir. Había subido con ella una tea de palo santo y algunas piedras de turmalina y amatista. Enfiló la carretera, salió del pueblo, giró y entró en el camino que conducía a su destino. Redujo la velocidad, conteniendo el ansia de llegar que tentaba a la pobre Lola con pisar a fondo y llegar cuanto antes, sabedora de que el terreno no estaba asfaltado y estaba lleno de piedras y baches que podían hacerla ir por la posta antes de tiempo. Por fin, llegó a su destino, sin saber exactamente qué buscaba, qué podía encontrar ni qué demonios la había impulsado a dirigirse allí. La noche hacía rato que había caído, la oscuridad cubría el paraje con su manto y, en ella, una luz se encendía y apagaba constantemente. Dos años después, Lola volvía a estar al pie del faro.

Como si no se perteneciera, Lola empezó a caminar hasta llegar al sendero por donde se llegaba al faro desde un lado. Como si buscara el origen de ese estado apático en que se encontraba, reconstruía la escena en la que protegió a Estela de la amenaza de Carlos, Mireia y Raúl. Incluso lanzó la tea de palo santo, como hizo aquella vez, aunque en esta ocasión la había dejado apagada. Una vez en el punto donde cayó, colocó las piedras donde dos años atrás había puesto los amuletos para protegerse si el sándalo se apagaba. Su mente le traía las imágenes, podía ver a los tres entes amenazantes, a Jorge llegando y a aquella escena de redención que dio lugar al fin de Carlos y al paso de Mireia y Raúl a través de la luz. Sin embargo, una vez recreado aquel escenario y el fin de dicha aventura, seguía sin sacar nada en claro.

Lola se sentía ridícula. Se decía que había visto demasiadas películas, que esperaba encontrar algún detalle que le sirviera de explicación para el extraño cambio que había dado desde aquella noche. Metió las piedras de amatista y turmalina en su cajita y la llevó hasta el coche. Cuando fue a montarse, se dio cuenta de que se había dejado la tea de palo santo donde había caído tras lanzarla y volvió a por ella. Cuando se agachó a cogerla, la tea rodó apartándose de ella, como si hubiera dejado de ser un objeto inerte por un momento. Antes de que hiciera el ademán de volver a acercarse, Lola se sintió aprisionada. Alguien la había agarrado por la espalda y no podía zafarse como sí había podido la noche anterior en su casa. Y, aunque no podía verle ni decía nada que pudiera oír, su intuición le decía que ese alguien que la atrapaba era el mismo alguien que la había sorprendido en su casa cuando se despidió de Gabriel.

Se le apagó la luz

Lola forcejeaba y trataba de librarse de su captor. Sin embargo, sentía cómo un brazo la atrapaba con fuerza y la otra mano la acariciaba con suavidad. Por una parte, sentía auténtico pavor y quería liberarse; por la otra, recordaba aquella vieja fantasía, pero no lo estaba disfrutando. No había consenso, no había límites establecidos ni palabra de seguridad. No era un juego pactado con algún amante ocasional. Estaba siendo forzada y sometida. Era alguien que, de alguna manera, sabía de ese deseo de Lola y lo estaba aprovechando para poseerla por desgaste: quien quiera que fuera había insistido ya demasiado en esa vieja fantasía, ahora convertida en pesadilla, como para mermar sus ganas de seguir oponiéndose y había depurado su accionar para debilitar también su voluntad. En otras circunstancias se habría resistido mucho más, o quién sabe si se hubiera liberado. Pero Lola llevaba demasiado tiempo siendo una triste sombra de sí misma.

Aquella presencia metía su mano por debajo del vestido, subiendo por su piel hasta donde la postura le permitía y tocando con exquisita suavidad cada centímetro en la anatomía de la rubia mujer. Una delicadeza que contrastaba fuertemente con la férrea firmeza con que el otro brazo la sujetaba haciendo inútil todo intento de escapar. De todas maneras, Lola ya no luchaba, quebrado como estaba su ánimo.

Se había convertido en una especie de objeto inánime, se sentía cosificada en las manos de aquel espectro, que seguía manoseando a placer su cuerpo. La mano que la acariciaba se había entretenido en sus pechos, con una tibieza extraña en un violador, que tal era su captor. Alzó un brazo y lo dirigió hacia atrás, como queriendo atrapar la nuca de su atacante, para tratar de golpear la cabeza de su atacante contra su coronilla a modo de defensa. Sin embargo, no logró su objetivo, encontrando sólo su propia melena. Y es que la incorporeidad de la que le había hablado Estela era lo que acababa de encontrarse Lola a los pies del mismo faro.

La mano bajó hacia sus muslos, jugando a acercarse a la cara interior de los mismos, a alejarse, a repetir el movimiento rozando levemente su pubis y a acrecentar el miedo y resignación de Lola, que notó cómo la firmeza del brazo que la sujetaba descendía ante la sumisión que ella mostraba. Ella querría haberse liberado, pero el temor y desgaste que sentía anulaba cualquier voluntad de escapar. Pasó de intentar luchar a dejarse hacer y, pese a su deseo de zafarse de su captor, permanecía inmóvil, como si temiera un daño mayor que lo que ya le esperaba. Ahí estaba, sujeta sólo por la cintura, pero entregada a quien ya no la oprimía, sino que la había hecho rendirse en su ánimo de escapar, que la masturbaba sin lograr de ella el más mínimo placer, que la colocaba a gatas y hacía chocar su pelvis con las poderosas nalgas de una Lola que sólo deseaba que aquello terminase de una vez. Lola era una suma de sentimientos encontrados entre el miedo, la sumisión, el deseo de escapar, la resignación… Y toda esa mezcla de emociones fluyó violentamente a través de ella cuando sintió que ya nada la aprisionaba. Lola ya no mantenía la postura y cayó a plomo al suelo. En ese instante, se le apagó la luz y todo quedó en silencio.

—Lola, contesta. Lola, ¿puedes oírme? —Una voz familiar, aunque no acertaba a ponerle cara, pronunciaba su nombre y palmeaba levemente sus mejillas tratando de devolverla a la consciencia—. Lola, maldita sea, vuelve…

—Qui… quie… ¿quién eres? —balbució como pudo desde la camilla. Veía imágenes borrosas ante sí y aún no terminaba de despertar de aquel estado inerte en que se había mantenido durante horas.

—Lola, ¿no me reconoces? Soy yo —insistía la voz. Lola tenía los ojos entreabiertos, como si llevara días enteros con sus noches sin dormir o como si estuviera bajo los efectos de alguna droga narcótica—. Lola, estoy aquí contigo.

La rubia comenzó a parpadear y la voz cogió un pañuelo de papel para limpiar sus ojos. El despertar tras varias horas inconsciente hizo que sus ojos lagrimearan como si se acabara de levantar o si aún tuviera mucho sueño. En realidad, estaba tan aturdida que ambas cosas habrían podido ser ciertas en ese momento. Cuando abrió de nuevo los ojos al cesar el tacto del pañuelo en su cara, vio con algo más de nitidez. Miró de nuevo a donde le parecía que estaba el origen de esa voz. ¡Era Estela!

—Salí de trabajar y te encontré tirada en el suelo. Tenías el vestido levantado, ¿qué ha pasado? —quiso saber la joven cuando Lola se vio algo más recuperada—. Vaya susto me has dado. Jorge viene detrás con el coche, sólo podía venir uno de los dos en la ambulancia.

Lola apenas pudo esbozar una sonrisa cargada de melancolía, tristeza, sentimiento de culpa por el susto a sus amigos, agradecimiento, amor… Solía decirse que un pequeño gesto puede encerrar una amplia variedad de emociones y esa tibia sonrisa en su rostro aún inanimado era el botón de muestra para esa afirmación. Un bostezo deshizo esa mezcla de sonrisa y mueca mientras su mirada volvía a ocultarse bajo sus párpados y la hermosa mujer se sumía de nuevo en un profundo sueño. Estela sintió el roce de sus lágrimas cayendo por sus mejillas. No soportaba ver a quien la había ayudado con sus extraños encuentros en el faro derrumbarse de esa manera. Lola era su referente, empoderada, siempre sonriente, fuerte y con ese don de generosidad que le permitía ayudar a otras personas en esta vida y en la otra. Ahora llevaba tiempo siendo el recuerdo de su propia sombra y sin esa energía contagiosa que hacía florecer lo mejor de cada uno a su paso con un simple «buenos días, bonitos». Aquella mujer rubia, en edad ya madura, que parecía haber firmado un pacto con el tiempo y se conservaba como si tuviera veinte años menos, era un puntal en su vida. Y ese puntal, ahora agrietado y casi demolido, debía restaurarse. Habría que ponerse manos a la obra para saber qué demonios estaba pasando si quería hacer regresar a aquella brujita zalamera que le había salvado la vida y la cordura.

Llegaron por fin al hospital y la camilla volaba por los pasillos. Los celadores, aún agotados del turno de noche, llevaron a Lola hacia la zona de triaje. Una vez que el médico comprobó que se encontraba estable, la trasladaron a un box a la espera de poder hacerle pruebas y tratar de encontrar un diagnóstico. Estela no se movía de su lado y sólo miraba el colgante que, en su momento, había devuelto a Lola, toda vez que era ella ahora quien necesitaba protección. Su cara de incredulidad se acentuaba por momentos. La piedra estaba destrozada, los ribetes plateados que la rodeaban estaban torcidos, la pieza que simulaba el escudo estaba hecha añicos... Sabiendo de las propiedades de protección que se atribuían a ese amuleto, Estela llegó a la conclusión de que lo que fuera que hubiera atacado a Lola tenía que ser muy poderoso o tener dentro mucho odio para hacer semejante destrozo en la piedra protectora. Sabía que en la zona donde encontró a su amiga yacente no había rocas tan grandes como para que ella hubiera impactado con ellas al caer y que Lola no pesaba tanto como para dejar el amuleto en ese lamentable estado, ni aunque hubiera caído sobre él a plomo.

Jorge esperaba fuera. No le habían dejado entrar con Estela y Lola y, mientras no le dieran el alta o la pasaran a planta, no podría saber qué había pasado. Un mensaje en su móvil le había puesto al tanto del amago de despertar de su amiga, del sueño profundo al que volvió unos momentos después y del amuleto destrozado como si lo hubieran machacado con una mandarria. Un escalofrío recorrió la espalda del muchacho,

49

que entendía lo mismo que Estela: lo que estuviera pasando tenía que ver con algo que no era de este mundo, al menos no de este plano, y que tenía bastante poder o bastante odio acumulado. Fuese quien fuese, había ido con todo a por Lola y, aún con la protección del amuleto, había estado a poco de llevársela por delante. Del mismo modo, sabiendo que su rubia amiga estaba tan debilitada y sin sus dones, era extraño que el fatal desenlace no hubiera tenido lugar. Fue entonces cuando un pensamiento vino a su cabeza: el atacante no había querido hacer más daño del que había hecho. No quería matarla, al menos no por el momento, sino hacerla sufrir o tomarse alguna venganza. De haberlo querido, habría podido tomar su vida con facilidad estando ella, como estaba de hecho, mermada en sus facultades con las que otras veces habría controlado la situación. Vaya si lo sabían Estela y Jorge…

—Disculpe. —Una voz asustó a Jorge, que no la esperaba, ni la había visto venir según estaba absorto en sus pensamientos y leyendo los mensajes de su amada en el móvil—. ¿Es usted el acompañante de la mujer que encontraron en el faro esta mañana?

Jorge no podía creérselo. Una mujer desconocida, de tez morena y cabello liso formando una media melena hasta sus hombros le estaba preguntando por Lola. Debía de tener más o menos la edad de su amiga, a tenor de las leves arrugas que mostraba su rostro al sonreír. Él no acertaba a articular palabra. Su presencia transmitía una calma infinita, una paz que contrastaba totalmente con la tensión que sentía en esos momentos.

Sus ojos negros y tranquilos y su sonrisa eran un remanso de armonía, dulzura y tranquilidad. Pocas veces una persona tan misteriosa aparecía sin más sobresalto que el respingo inicial al haberlo pillado desprevenido.

—No se preocupe. Su amiga está bien, aunque debe de estar en *shock*. Han sido emociones demasiado fuertes para cualquier persona. Con un poco de descanso, mejorará —seguía diciendo la mujer ante un Jorge que se creía curado de espanto hasta ese momento—. Me llamo Luz, perdone por no haberme presentado antes. No se preocupe, yo me encargo de ella cuando Estela tenga que salir.

Jorge puso la mano en su hombro, en un gesto que parecía mostrar cierta confianza y, a la vez, que quisiera comprobar que no estaba soñando o teniendo alguna vivencia de esas que tan atrás habían quedado. Se tranquilizó un poco al comprobar que esa mujer era de carne y hueso, y no un espectro o a saber qué. Y sintió una paz al tocarla que era toda una nota discordante con los momentos que se estaban viviendo allí.

—Tengo que dejarle, mi turno comienza ahora. No se preocupe, todo irá bien. Les iré informando de cuanto pase con su amiga —se despidió Luz sin que Jorge hubiera dicho media palabra todavía. No obstante, tenía una inexplicable confianza en esa mujer salida de ninguna parte que se iba a hacer cargo de su amiga. No la conocía, no sabía nada de ella, pero en su corazón sentía que sería de fiar. Cuando se lo dijo a Estela, ella respondió que había sentido también una calma arrolladora cuando Luz entró por la habitación. Ahora tenían

otro misterio por resolver, aunque la joven era el menos pre-
ocupante: ella, al menos, no venía para hacer daño.

Estela salió del hospital y dio el encuentro a Jorge. Volvieron a su casa, con la tranquilidad por la aparición de Luz
y la desazón por el estado de Lola. Echaban de menos esa
presencia imponente de su amiga, esa mirada poderosa que
infundía seguridad… No sabían qué podía estar pasando y esa
inquietud les era familiar. La pérdida de los dones de Lola, el
colgante destrozado y ahora ese estado de extrema debilidad
tras aparecer yacente junto al faro eran demasiados sobresaltos
y preocupaciones. Y lo peor era que esta vez no sabían qué
hacer ni a quién recurrir. Precisamente, Lola había sido su faro
cuando ellos navegaban con marejada ante aquellas presencias
que invadieron su vida. Incluso, decidieron que habría que
esperar a resolver todo esto para retomar su idea de ser padres.

Al entrar en su casa, parecían haber cruzado la puerta de
una fortaleza: recobraron la sensación de seguridad. Tras los
muros de piedra se sentían protegidos por un espacio que les
parecía inexpugnable. Obviamente, sabían que había un tipo
de amenaza que las piedras de su casa no podrían contener
como no lo hicieron las de las paredes del faro. Sin embargo,
parecía evidente que ese peligro no se cernía sobre ellos; al
menos, no de forma directa. La preocupación por su salvadora
de aquella ocasión sí les afectaba aunque, por lo menos, no
eran ellos quienes sufrían las artimañas y ataques de aquellos
espectros a los que dieron paz, en el caso de Mireia y Raúl, y la

muerte del espíritu, en el caso del desalmado Carlos. Pusieron la radio para desconectar un poco la mente.

«Se le apagó la luz, tembló…». La emisora parecía escupirles esa canción tan triste de Alejandro Sanz. Cambiaron a otro dial. *«… y no llega la camilla…»*. Maldita sea, esa canción estaba en todas partes. Cambiaron a otra emisora especializada en *rock*: *«… luché buscando una salida…»*. ¿Qué estaba pasando? Jorge decidió poner un CD de su grupo favorito, pero… *«… para ir a escuchar su corazón…»*. Conocían la historia que esa canción contaba. Sonaba en todas las emisoras y en un CD donde era imposible que estuviera. Llamaron al hospital, preguntaron por el estado de Lola y les dijeron que estaba todo bien. Estela tuvo una idea y preguntó por Luz. No sabía sus apellidos, pero con el nombre y la descripción, aparte de que su turno acababa de empezar, lograron que les pasaran con ella. En un extraño alarde de confianza para tratarse de alguien que acababan de conocer, le contaron lo que había pasado con la música en su casa.

—Es muy raro lo que me cuenta, Estela. Pero no se preocupe, estaré pendiente de ella. ¿Me deja, por favor, su número para que pueda llamarla si pasa algo? Sí, apunto. Seis… uno… OK, lo tengo. Con lo que sea la llamo. —Luz estaba alerta, pero sin perder los nervios. Sin embargo, llegó a la misma conclusión que la pareja amiga de Lola: alguien quería decirles algo, bien como premonición, bien como aviso o amenaza.

Jorge y Estela se sentían tranquilos al contar con Luz, aunque no sabían realmente por qué. No la conocían de nada, pero sentían una fuerte conexión con ella e intuían que Lola era el nexo entre ellos. Estaba claro que necesitaban un café, una conversación y poner todos los puntos sobre las íes. Dos años después, tenían un misterio que resolver para salvar de una amenaza que no conocían a quien les había protegido y ayudado en el faro aquella vez.

Amores extraños

Luz se mantuvo todo el día pendiente de Lola. Aunque estaba en su turno de trabajo y tenía que atender otros quehaceres, el tiempo que la paciente estaba sola era mínimo. Después de comer, envió un mensaje a Estela para que estuviera tranquila y decirle que Lola despertaba a ratos, pero que al poco se volvía a dormir. Cualquiera que la conociese estaría extrañado, sabiendo el torrente de vitalidad que la dama del palo santo desprendía siempre y cómo lo contagiaba a quienes la rodeaban. No había un diagnóstico claro. En su cuerpo todo estaba bien y, sin embargo, no respondía. Ese estado de hibernación era un quebradero de cabeza para los doctores que la atendían. De hecho, se iban sumando galenos a la misión de averiguar qué le pasaba, porque, en términos estrictamente clínicos, no tenía ningún sentido que una persona con su salud, en tan buenas condiciones, estuviera sumida en ese sopor prácticamente permanente.

Luz, que se había quedado allí con ella, pensaba en Estela y Jorge. Sabía que se estarían preguntando de dónde había salido, cómo los había reconocido y por qué tenía tanto empeño en ayudar a quien los ayudó a librarse de sus fantasmas y de los espectros que los habían hostigado. Era lógico. Nunca la habían visto, había llegado de forma misteriosa, sin que nadie supiese nada de su llegada ni de ella misma y, además, había reconocido a Jorge mientras esperaba fuera. Para ella, era fácil de explicar esto último, pues parte de la energía de Lola estaba impregnada en ellos, tanto en Jorge como en Estela. Incluso, aunque no hizo mención a ello, sabía de esas intimidades que a veces compartían. Luz tenía una sensibilidad especial con esa energía que las personas desprenden e, incluso, con las que a veces envuelven cada ambiente. De hecho, una vez terminó su turno, se quedó al lado de Lola y comenzó un ritual para limpiar la energía de la habitación. Alguien debió pasarlo muy mal allí, porque notaba el ambiente demasiado cargado, y no precisamente hablando de la necesidad de abrir la ventana, que también.

Estela terminó de recoger la cocina. Aún necesitaba asimilar lo ocurrido. Su pecho todavía vibraba por el vuelco de su corazón cuando salió del faro, silbando y contenta por otra jornada tranquila y otro poema terminado, y encontró a su salvadora en el suelo e inconsciente. Además, ya llevaba tiempo inquieta por verla tan carente de energía y con sus dones perdidos, como si el alma de su amiga llevara tiempo dañada o hubiera revivido viejos dolores. Sabía que ella tenía sus dobleces, esas cosas de las que nunca le apetecía hablar y que parecían incomodar a Lola cuando se le preguntaba. A pesar de su unión, había parcelas totalmente desconocidas para ella y para Jorge sobre esa mujer poderosa que se había erigido en un pilar para ellos. Por alguna razón, Estela intuía que lo que le venía pasando a Lola era algo relacionado justo con esa parte desconocida de su vida. Y que quien fuera que hubiera atacado a Lola con un poder suficiente como para destruir el amuleto y dejarla en ese estado, tenía mucho odio acumulado que también tendría relación con esa etapa que su amiga había decidido enterrar con su silencio. Como llevada por un extraño impulso, se cambió de ropa y salió de su casa. Jorge descansaba para estar fresco, ya que volvía a la pizzería por la tarde. Estela se montó en el coche y fue rauda hacia el hospital.

Luz sesteaba levemente junto a la cama de Lola. La paciente llevaba un buen rato dormida, sus constantes eran estables y todo seguía en calma. Tenía un viejo transistor en el que había puesto una tertulia de radio, de esas de sobremesa que pueden captar tu interés o ser un buen incentivo para la siesta. Al menos, las intervenciones de los tertulianos rompían un poco ese silencio que podía ser inquietante a tenor de las circunstancias. Sin embargo, la aparente calma no tardó en tomarse un tétrico respiro. El discurso del conductor del programa se interrumpió de repente. Entró una música lenta y la voz de Laura Pausini: *«Amores tan extraños que te hacen cínica, te hacen sonreír entre lágrimas...».* El cuerpo de Lola sufrió un par de sacudidas, leves pero bruscas, como si convulsionara. Luz despertó súbitamente, asustada por una sensación oscura, negativa, que le produjo, de repente, el ambiente de la habitación. Como movida por un resorte, se levantó y se puso a los pies de la cama, como si pretendiera apartar a un visitante indeseado. *«... te hacen sonreír entre lágrimas...»,* repetía en bucle el aparato. Sintió como si una fuerza invisible pretendiera quitarla de su camino, sin éxito. Luz estaba envuelta por un halo blanco, como un aura protectora que emanase de su cuerpo y contuviera el avance de esa energía podrida que trataba de llegar a la inerte Lola. Luz, sintiéndose más segura, colocó sus brazos como si empujara a la extraña visita hacia detrás, notando que la energía se oponía a ella cada vez con menos intensidad. Se produjo un breve silencio. La música paró y sólo entonces los rayos de sol volvieron a penetrar en la habitación. Luz se dio cuenta de la momentánea oscuridad que había envuelto la estancia con la llegada de esa oscura energía que, también, se marchó cuando esta abandonó la habitación. En la radio volvían a sonar las palabras interrumpidas por la música y todo quedó como estaba hasta la breve batalla sostenida entre el atacante y la protectora. En ese momento, Estela terminaba de cruzar el pasillo y entraba en la habitación.

—¿Qué ha pasado aquí? —Estela había encontrado a Luz sudorosa y jadeante, como si hubiera corrido tres mundos en poco tiempo, y aún con los brazos extendidos.

—Estela, qué bien que haya venido. ¿También ha sentido esa energía? —preguntó Luz, convencida de que así había sido.

—Eso me temo, querida. Por cierto, puedes tutearme —intentaba quitar hierro Estela—. De repente tuve el impulso de venir hasta aquí, aun sabiendo que eres de fiar y que estabas aquí con ella.

—Gracias, Estela. Ha sido muy extraño. De repente la radio se volvió loca, como cuando me contó… me contaste lo de la música. La canción era bonita, pero lo que vino después era oscuro y fantasmagórico, como…

—… como si hubiera venido un fantasma —interrumpió Estela—, lo sé. Hemos vivido alguna experiencia así con Lola. —El nerviosismo de Estela se notaba en la brusquedad con que interrumpió a la cuidadora, que contrastaba con el temple de esta.

En ese momento, entraron dos celadores para cambiar a Lola el pijama y las sábanas. Luz y Estela bajaron a la cafetería del hospital y, con un café humeante de por medio, charlaron un poco. Luz no daba crédito cuando Estela le contó lo acontecido en el faro, cuando conoció a Lola y forjó su vínculo con ella. Se conmovió con la despedida de los padres de Jorge, el paso de los espectros al otro lado, y vibró con la trampa de Carlos, llorando con el desenlace con el frasco de las lágrimas devolviendo la cordura a Mireia y Raúl. Luz había sabido algo de aquella historia, pero conocer los pormenores le supuso una sacudida mental y espiritual. Era evidente que habían conectado desde el primer momento, pues no era el relato de lo acontecido en el faro algo que se pudiera contar a cualquiera. Pero Estela había sentido la pureza en el interior de Luz. Sin embargo, seguía desconociendo qué vínculo existía entre ella y Lola. Acabaron el café y subieron a la habitación. Lola ya estaría sola y, si despertaba, querían estar allí con ella.

Llegaron a la habitación y vieron que a su amiga le estaban tomando la tensión. Al parecer, mientras estaban mudando su ropa, había tenido un par de convulsiones más. Su cuerpo se había sacudido bruscamente, aunque en pulsos muy breves. Las constantes ni se habían inmutado, siguiendo estables y marcando que todo estaba bien, por lo que el personal sanitario estaba rompiéndose la cabeza para buscar alguna explicación a sucesos breves, sin riesgo aparente, pero que no tenían, clínicamente hablando, ningún sentido. Luz y Estela no dijeron nada. Sabían que lo que estaba sucediendo no podría diagnosticarlo ningún doctor, pues la ciencia explica lo tangible y no puede contar con otras variables que no se puedan medir desde lo estrictamente físico. Sabían que, si ponían sobre la mesa otros factores más etéreos, no les harían ningún caso y acabarían en el ala de psiquiatría del propio hospital. «No estoy para eso, entro a trabajar en dos horas», pensaba Estela en su resignado silencio. Las dos se miraron arqueando las cejas, como haciéndose saber mutuamente que habían pensado lo mismo. Las dos tenían cara de decir «Señor, dame paciencia» ante el estéril esfuerzo ajeno y la impotencia propia de no poder aportar lo poco que sabían. De hecho, ni siquiera ellas sabían que Lola había sido violada por un fantasma.

Ambas sintieron una mano sobre sus hombros. También, por la sensación que el repentino aunque suave tacto les dejaba, sabían que debían actuar con cierta naturalidad. Su aura era agradable, aunque destilaba tristeza. La sensación era tan leve que, de no ser porque las dos mujeres sabían de su naturaleza, pensarían en una suave brisa o en una ilusión provocada por el cansancio. Ambas pudieron pensar en la misma persona. Era previsible ante la debilidad de Lola y cuanto había acontecido. Gabriel estaba allí, apoyándose sobre ellas. Aun siendo un ente, se sentía débil y necesitaba sustentarse en las dos amigas de su yacente amada. En su rostro, lágrimas azules como su azulada presencia denotaban la amargura que le infundía ver así al gran amor de su vida. El dolor se mezclaba con su gratitud y para las dos mujeres era conmovedor sentir esas emociones en el aura de su presencia. Lamentaban no poder verle, no poder dirigirse a él. Lola había explicado a Estela que las presencias del faro resultaban visibles y palpables al manifestarse, porque, al hacerlo desde la maldad de su plan perverso, estaban más alejadas de esa luz que debían cruzar para hallar su descanso eterno; estaban tan cerca del plano terrenal que podían ser perceptibles. Sin embargo, la pureza de Gabriel hacía que este estuviera tan próximo a cruzar ese último umbral que su presencia era nimia; sólo estaba presente ese hilillo de energía que se resistía a cruzar para estar al lado de su amada.

Cuando los sanitarios salieron, Gabriel se acercó a Lola. La sensación en la habitación era de una paz y dulzura tan intensas que las dos amigas, que seguían en la puerta, se emocionaron, aun sin ver lo que ocurría. Los labios de Lola se movieron levemente, como si algo ejerciera una suave presión sobre ellos, y la rubia amiga de Estela y Luz abrió los ojos. Su mirada era, de nuevo, la de aquellos ojos intensos y poderosos que siempre la habían caracterizado. No era difícil deducir lo que allí había ocurrido. Lola había regresado del profundo sueño que la embargaba, despertada por el beso de su amado.

La energía de Gabriel había desaparecido cuando Lola despertó. Estela y Luz corrieron hacia ella y la abrazaron al verla de nuevo consciente. Los ojos de Lola, pese al poderío de su mirada, parecían tristes. Era consciente de lo que su amado sargento Yáñez acababa de hacer por ella. Lo había sentido, según volvía en sí; había percibido la presencia de su difunto esposo. Sin embargo, había visto cómo él se desvanecía en el preciso instante en que ella abría los ojos. Su mente estaba enfrascada en ese instante en que vio cómo aquel joven de uniforme blanco que conoció tomando copas en un *pub* desaparecía ante sus ojos, que se habían abierto lo justo para verlo de refilón. Y, tras pensar un rato en esa imagen que veía en bucle en su mente, entendió que el beso de Gabriel no sólo la había traído de vuelta: también le había devuelto la energía y esos bríos proverbiales que la caracterizaban. El beso de Gabriel no había sido sólo un beso más. De hecho, la energía que sentía en su interior no tenía nada que ver con cualquier cosa que hubiera sentido antes.

Lola aún estaba débil, aunque ya le habían dicho que en un par de días le darían el alta, si no había cambios a peor. Los médicos se tiraban de los pelos viendo cómo no había forma humana de entender lo que ocurría: aquella paciente había estado con las constantes vitales estables, con unos parámetros clínicos perfectos y sumida en una especie de coma sin que faltara oxígeno en el cerebro. De repente, sin que nada aparente hubiera podido cambiar nada, estaba despierta y deseando volver a su casa. La dejarían ingresada un par de días más por precaución.

Estela tenía que marcharse, pero antes pudo explicar a Lola todo lo ocurrido. Era de esperar que ella no recordara nada de lo que la farera le dijo en la ambulancia. Luz asentía con la cabeza y poco más. Se notaba que tenía un vínculo muy fuerte con la paciente, aunque no se habló de ese tema aún. Sólo se podía intuir, observando la sonrisa de Lola al verla, que se alegraba muchísimo de ese reencuentro, a pesar de las circunstancias en que se producía. Estela se despidió de Lola y Luz, y se marchó hacia el faro. La presencia de la enfermera era reconfortante y, además, tenía algo que le llamaba la atención. Llamó a Jorge para ponerlo al día de cuanto acontecía en el hospital, llegando al acuerdo de que se repartirían para relevar a Luz al cuidado de Lola. Serían sólo un par de días, pero sabían que a la salida del hospital quedaría mucho por resolver.

Luz oía otro programa de radio. Le daba un poco de miedo encender el transistor, pero no tenía tampoco otra forma de entretenerse según pasaban las horas. Lola se había dormido de nuevo, aunque sin dar esa sensación funesta y de muerta en vida que daba hasta el beso de Gabriel. Ahora su respiración se oía, hasta dejando escapar pequeños ronquidos, y tenía mejor cara. De repente, su cuerpo volvió a sacudirse, su pulso empezó a agitarse y, hablando en sueños, la voz de Lola quebró el silencio con contundencia:

—Maldito seas, Rafael.

Siete vidas

Luz no entendía la frase de Lola, pero tenía claro que era una buena pista. ¿Quién era Rafael y por qué Lola lo maldecía con tanta inquina? Se acercó a ella, que aún dormía boca arriba, con la respiración de nuevo acelerada tras maldecir a ese hombre. Puso la mano izquierda sobre la frente de Lola y la derecha sobre su ombligo. La respiración de Lola no tardaría en empezar a relajarse y a recobrar esa cadencia normal que tenía al principio. Su cuerpo recobró la calma y volvió a quedarse en ese estado de reposo tan plácido que Gabriel le había regalado. No era lo único. Lola había recobrado la mirada y el carácter, porque, en ese ósculo, su amado le había dado un poco de su energía. Había una pizca de Gabriel en ella. Y, suponía la pobre Luz, podía ser que hasta le hubiera devuelto sus poderes.

Las horas pasaron y la noche fue muriendo. El sol del nuevo día se asomaba de soslayo por la ventana, cuando unos pasos se aproximaron a la habitación. Eran Jorge y Estela, que venían a ver a Lola antes de volver a casa. Ella había terminado agotada, incapaz de descansar como solía entre ronda y ronda. Jorge había dormido algo más, habiendo terminado más o menos pronto en la pizzería. Lola aún viajaba en los brazos de Morfeo.

—Tengo que contaros algo —soltó Luz de sopetón.

Les estuvo contando esa extraña maldición de Lola hacia un tal Rafael y cómo calmó sus convulsiones hasta que volvió a dormirse. Luz hacía lo que llamaba «trabajo energético» y había suavizado el choque de energías que Lola experimentó tras el beso curativo de Gabriel y lo que fuera que tuviera dentro cuando llegó al hospital.

—Yo me quedaré aquí —dijo Jorge—, creo que vosotras necesitáis descansar.

—Está bien. ¿Vienes a casa, Luz? —Estela aceptaba la propuesta de Jorge y quería la compañía de Luz. Desde el principio, había sentido una conexión especial entre ellas y no sólo por lo esotérico.

—Será un placer —aceptó Luz, encantada.

—Buenos días, bonitos —saludó Lola, despertando y con esa sonrisa de siempre—. Cuánta gente aquí y toda, además, querida.

Los tres corrieron hacia ella, abrazándola y colmándola de besos y mimos. Tenía mucho mejor aspecto y se apreciaba esa vitalidad recuperada. Nadie quiso preguntar quién era el tal Rafael a quien dirigió su maldición o cómo había remontado tan rápido según había estado los últimos días. No era momento de nombrar males cuando su brujita preferida había vuelto de su letargo.

—Fui una idiota. De repente, sentí el impulso de ir al faro, tratar de reconstruir aquella noche y de entender por qué ya no podía verlo ni hablar con él —lamentó Lola—. Perdonadme por el susto y los disgustos. Él… me conoce demasiado. Me atrapó, me sometió, me tomó allí mismo por la fuerza… —Lola torció su gesto por el enfado y la vergüenza—. Hizo lo que quiso conmigo. De repente, no tenía nada para protegerme.

Señaló su propio cuello en esa última frase. Era consciente de que el amuleto había sido destruido, aunque no lo hubiera visto y fuera lo último en lo que podía pensar cuando sucedió todo. Los demás le dijeron que no había nada que perdonar y que, ahora, sólo tenía que ponerse bien y ya saldrían de aquel embrollo. Se abrazaron y besaron mil veces, celebrando a su modo ese buen despertar de Lola. Idearon un reparto para estar con Lola hasta su salida del hospital y Jorge fue el primero en quedarse con ella. Las chicas se fueron a la casa de Jorge y Estela. Luz había comenzado a trabajar en el hospital pocos días antes del ingreso de Lola, así que estaba alojada en una pensión mientras buscaba alguna casa o piso para alquilar. Pero Estela y Jorge pensaron que, después de tanto tiempo pegada a la cama de su amiga, estaría más cómoda descansando en su casa.

Jorge, previsor, llevaba todo un arsenal de minerales como protección. Los colocó rodeando la silueta de Lola, que le repetía que no hacía falta, que tras el beso de Gabriel se había sentido mucho mejor y había recobrado las fuerzas que le venían faltando desde la noche del faro. Aunque las chicas le habían contado, Jorge se sorprendió de que Lola supiera lo del beso de Gabriel, pues estaba inconsciente en ese momento. Quién sabía si era posible que hubiera recuperado sus dones. Al fin y al cabo, la intensidad de ese beso podía significar algo. Lola alguna vez había comentado a la pareja que el sargento Yáñez siempre procuraba en sus visitas espectrales que los contactos fueran tenues, aunque nunca había dicho por qué. Suponía que era por conservar energías para una nueva aparición. Pero sólo podía suponerlo. También le resultaba extraño que sus propios pensamientos le hubieran llevado a esa conclusión. Nunca había sabido gran cosa sobre espíritus, entes y sus interacciones con personas de carne y hueso.

Estuvo toda la mañana charlando con Lola hasta que la medicación le hizo efecto y volvió a dormirse. Fue entonces cuando encendió el transistor, por no tener la habitación en silencio, y sacó un libro. Se había aficionado a la lectura desde que su relación con Estela comenzó y estaba leyendo un poemario, *Raigambre*, de Miguel Ángel Rincón. Y en esas andaba mientras en la radio hablaban del precio de los carburantes y alguna barbaridad que alguien había dicho en el Parlamento. Mientras, las chicas habían llegado a casa y estaban tomando un té mientras charlaban. Estela se moría de ganas por preguntar a Luz qué relación tenía con Lola, cómo sabía lo del faro y cómo reconoció a Jorge cuando estaba esperando fuera y se vieron por primera vez. Luego pensó que, de hacerlo, estaría haciendo que su ofrecimiento para descansar en su casa pareciera una encerrona para un interrogatorio y decidió guardarse sus preguntas para más tarde. Así que hablaron de temas más triviales para hacer más ameno el desayuno. Luego, Estela se fue a la ducha mientras Luz, por ofrecimiento de su anfitriona, se echaba un rato en la habitación de matrimonio.

Cuando Estela salió de la ducha, Luz ya había caído rendida. A la tenue claridad que las cortinas dejaban entrar, se veía hermosa, con su cuerpo envuelto en un bodi suelto que dejaba entrever cada pliegue de su piel, cada forma recta o curva. La apariencia sensual de esa mujer contrastaba con la imagen recatada que solía lucir en el día a día. Estela se quitó la toalla y cogió una sábana del armario: Luz se había quedado dormida sobre la colcha. Y ahí, totalmente desnuda, se recostó junto a su durmiente compañera a la que no tardaría en acompañar en su descanso. Mientras tanto, Jorge bajaba a fumar a la salida del hospital. Por suerte, el recinto era pequeño y podía permitirse salir a saciar su sed de humo sin abandonar demasiado tiempo a Lola. Sin embargo, no se sentía tranquilo estando ahí fuera, con lo que solía apagar el cigarrillo cuando iba aún por la mitad y subía presto para volver a su puesto junto a ella. Se sentó y cogió su libro de nuevo. Iba por la mitad y sabía que aún le llevaría un par de días acabarlo, ya que le gustaba leer cada poema, interpretarlo, paladearlo, volver a leerlo… En ese momento en la radio hablaban de los resultados deportivos. Sin embargo, se hizo un silencio prolongado. Comenzaba a sonar una guitarra acústica sin que viniera al caso ni hubieran dado paso a publicidad. Y, donde debería sonar la voz de Antonio Flores, era Lola quien cantaba desde su cama sin salir del sopor que los fármacos le habían inducido.

—Una historia de amor interrumpida, maldita sea, maldita sea mi vida. —Los labios de Lola se movían como si no pertenecieran a su cuerpo y su voz no fallaba una nota, aunque nunca había sabido cantar bien. Sin embargo, su cuerpo permanecía relajado y en su rostro, aún cantando, se dibujaba una melancólica sonrisa.

Jorge no daba crédito a lo que veía. La música sonaba en el viejo transistor y la voz provenía de su yacente amiga. Sin embargo, no resultaba una escena tétrica. Más bien, todo lo contrario. El joven motero tenía una sensación agridulce, como cuando se despidió por última vez de sus padres y juntos llenaron ese frasco con sus lágrimas. Se acercó a Lola con lentitud y gesto calmado, en actitud protectora, aunque sin sentirse alertado. La boca de la paciente dejó de moverse y quedó entreabierta, dejando salir una especie de aire azulado que tomó la forma de un hombre de uniforme. ¡Era Gabriel! Jorge, que había oído a Lola hablar tanto de él, no pudo sino abrir los ojos con expresión de asombro. Por fin, el sargento Yáñez estaba delante de él.

—Ya está sanada. Saldrá pronto de aquí. Ahora, tenéis que cuidarla para que se recupere del todo y acompañarla. Os va a necesitar —dijo como si estuviera pasando la novedad al final de una guardia—. Misión cumplida. Bravo Zulú.

Una luz intensa inundó la habitación. Jorge ya la conocía, precisamente, desde aquella despedida de sus amados padres. Sabía lo que significaba eso: Gabriel había dejado todo cuanto pudo de sí en Lola para salvarla, sanarla y devolverle todos sus poderes. Sin embargo, sabían que había una amenaza lo bastante poderosa para haber sido la causante de que Lola estuviera en esa cama y sólo sabían su nombre: Rafael. Por alguna razón,

Gabriel no estaría presente ante esa amenaza. Avanzaba hacia la luz mientras completaba la canción: «*seis vidas ya he quemado y esta última la quiero vivir a tu lado*». Jorge no podía comprender cómo se podían recitar esos versos, manifestar la intención de vivir una última vida al lado de alguien, mientras se alejaba para siempre. Pero, en medio de esas cavilaciones, veía cómo Gabriel, llorando lágrimas rojas de amor y sangre, cruzaba la luz poniendo rumbo hacia su eterno descanso.

La cosa más bella

La alarma del móvil de Estela sonó. Luz rezongaba algo ininteligible mientras la farera saltaba de la cama y bajaba a la cocina a hacer café. Subió de nuevo, mientras la cafetera se calentaba al amor del fuego, para buscar a Luz, que parecía estar remoloneando un poco. La puerta estaba abierta, como la había dejado al bajar, y Luz estaba más que despierta, desnuda ya sin su bodi y dejando pasear sus manos por su piel. Sus movimientos eran suaves y cadenciosos, como si siguiera una tenue melodía, en contraste con la intensidad de su mirada y la expresión de su rostro. Imaginaba Estela que el placer que podía estar sintiendo debía ser algo imposible de calibrar, alcanzando cotas impensables; aun entendiendo que cada persona es un mundo y que no tiene por qué hacer falta el sexo duro para disfrutarlo hasta casi quedar inconsciente, le resultaba adictivo mirar cómo la cara de Luz vaticinaba un éxtasis de gozo mientras sus manos seguían el camino de la suavidad dando pasos de sutileza. En un momento puntual, se agarró un pecho, se lo acercó a la boca y mordió su propio pezón con una fiereza que rompía esa suave armonía en el movimiento de sus manos. Fue así como la pelvis de la invitada parecía contraerse, se sacudía en leves pero violentos pulsos y su cuerpo quedaba relajado en la cama. Luz volvió la cara, que mostraba los destellos de una orgasmante sonrisa, hacia la puerta y vio a Estela, ruborizada por verse descubierta contemplando tan erótica estampa.

—¡Lo siento, de verdad! —exclamó Luz, que se sentía avergonzada por ser descubierta en pleno acto—. No sé qué me ha pasado. La tensión, el momento… Ha sido algo que ha venido de repente y…

—¡Calla! —ordenó Estela con severidad. Se acercó a ella con pasos firmes que intimidaron a una Luz que se sentía vulnerable en su desnudez y por haber expuesto sin querer su intimidad. La agarró del pelo y la miró con fiereza a los ojos—. ¿Dónde te crees que estás? —Le costaba aguantar la risa viendo la expresión asustada de Luz—. No tienes problema por eso aquí. Sólo, para otra vez, avísame a mí… o a Jorge, si quieres.

Luz se mostró aliviada por el «perdón» de Estela y llena de morbo por esa impostada severidad de la farera. Las palabras ni le salían de la boca ante la multitud de sensaciones y emociones que había tenido en un momento. La excitación, el éxtasis, la vergüenza, el arrepentimiento y esa especie de sumisión excitante ante el breve y ficticio enfado de Estela. La expectativa de alguna suerte de reprimenda o castigo le había movido unas sensaciones desconocidas. Luz, que no podía ni hablar en ese momento, recibió un leve beso de su anfitriona en los labios y vio como esta le ofrecía su mano, que agarró para bajar a tomar el café.

Jorge dormitaba en el butacón del hospital. Faltaba una hora para el relevo de su amada Estela al lado de Lola, que había abierto tímidamente los ojos. Al ver a su amigo ahí, a su lado, sintió un renovado confort que se sumaba a sus fuerzas ya repuestas. Sabía, aun sin que los médicos se lo hubieran dicho, que sería el último día en aquella cama y que volvería a casa, a su querida cafetería y a su rutina habitual. Aparte, tenía algo pendiente de resolver. Sentía un vacío en su interior, que esta vez sí comprendía, aunque no quería creerlo. De algún modo, era consciente de que Gabriel había cruzado al otro lado de la luz y entendía el mensaje que había querido mandarle con eso. Sus últimas palabras, dirigidas a Jorge, resonaban en su mente: «Misión cumplida. Bravo Zulú». Así terminaba la conexión del sargento Yáñez con este mundo y su misión en él.

—Cosa más bella que tú, cosa más linda que tú… gracias por existir —recitaba Lola con tristeza. Era una de las canciones favoritas de Gabriel, ya que le recordaba una de tantas que sonaron en una de sus citas por El Puerto de Santa María. Esa noche en que fueron a cenar, después a tomar una copa y, por primera vez, desataron su pasión en la playa de Valdelagrana, al refugio de la noche y con las ganas acumuladas de todas las citas anteriores. Con lágrimas de tristeza, gratitud y emoción despedía a su amado—. Gracias por existir.

Jorge despertó con los sollozos de Lola. Sabiendo lo que había pasado y por la conexión que tenía con ella, sabía a la perfección que ella era consciente de la marcha de Gabriel. La abrazó ofreciendo su hombro como consuelo y diciéndole una y otra vez que todo había de tener una razón. Se quedó helado cuando Lola le dijo que ella ya sabía qué razón tenía. Cuando ella le dijo que no era momento de hablarlo, Jorge se limitó a abrazarla con fuerza y delicadeza a la vez. No era la ocasión para preguntas, dudas ni buscar respuestas. Sólo ofrecer consuelo a una amiga con la que le unía tanto y que ahora había despedido, a su modo, a su amado para siempre. Sin embargo, también sabía que Gabriel nunca se iría del todo, no al menos mientras Lola viviese. Estaba seguro de que, para sanarla, había morado unos días dentro de ella y había dejado esa energía espectral que aún le mantenía conectado con este mundo. Por eso, pensaba, la luz vino a buscarlo en cuanto concluyó esa última tarea.

Estela tomaba el café con Luz, y su curiosidad, esa que mató al gato siete veces, podía con ella. Por la edad, similar a la de Lola, sabía que el parentesco más cercano que podría haber sería ser primas. Quizá fuera una compañera de clase, una amiga… Pero la implicación tan grande que tenía con Lola le hacía pensar que había un vínculo aún mayor. Además, le llamaba la atención esa capacidad de sentir energías y presencias que a ella le costaba intuir siquiera desde lo ocurrido en el faro y el hecho de que hubiera podido detener el ataque de Rafael, del que suponía que era quien había dejado a Lola inconsciente, yaciendo delante del faro.

—Ahora que tenemos más confianza —Estela pasó sus dedos por la mejilla y el cuello de su invitada, sonriendo al decir «confianza»—, ¿quién eres, Luz? ¿Qué relación y qué vínculo tienes con Lola?

Luz la miraba con una mezcla de asombro y comprensión. Asombro, porque Estela, la bohemia farera aficionada a la poesía y la música, parecía tener también dotes de actriz y era capaz de cambiar de personaje con facilidad. Podía ser dominante, dulce, insinuante y directa. Era como mezclar a una domadora de fieras con una princesa de cuento, la protagonista de *Instinto básico* y el policía que hace los interrogatorios en una película de sobremesa. Comprensión, porque, pese a su misteriosa aparición, habían tardado varios días en preguntarle cualquier cosa. Era cierto que la buena conexión y hasta atracción que habían sentido desde el principio hizo que confiaran los unos en los otros desde el primer momento. Pero sabía que la hora de las preguntas iba a llegar.

—Ha pasado mucho tiempo —comenzó a decir Luz—. Lola y yo salíamos en el mismo grupo de amigos. Cuando conoció a Gabriel, yo conocí a Samuel y empecé a salir con él. Coincidíamos mucho las dos parejas, quedábamos a menudo para tomar algo o cenar y luego cada pareja hacía sus planes por su cuenta. Solíamos ir a la playa, al cine o a hacer rutas por la Sierra de Grazalema. Éramos muy buenos amigos y Lola era como una hermana mayor para mí.

Estela prestaba atención a las palabras de su invitada mientras preparaba algo rápido para comer. Faltaba poco para relevar a Jorge, que acompañaría a Luz en la casa y la llevaría al hospital antes de abrir la pizzería.

—Samuel y yo rompimos después de un año o así —prosiguió Luz—, aunque conservábamos el contacto. Ya sabes, a veces la pareja no funciona y elegimos mantener la amistad. De vez en cuando, nos permitíamos ciertas licencias —dijo, señalando su cuerpo e insinuando la intimidad que compartían en ocasiones—, pero básicamente manteníamos una amistad. Él trataba de seducirme de nuevo para retomar la relación —Luz sonrió de forma melancólica— y yo tenía que pararle los pies para evitar una segunda parte que no habría sido, precisamente, buena.

La mirada triste de Luz conmovió a Estela, que empezaba a sospechar lo siguiente que contaría su nueva amiga. Siguieron hablando mientras se vestían, preparándose para volver al hospital.

—Un día habíamos quedado —siguió diciendo—. Ya llevaba demasiado retraso para lo que él acostumbraba. Era muy recto con esas cosas de la puntualidad, la cortesía… No contestaba tampoco al teléfono. Los médicos dicen que no sufrió, que se paró de repente. —Hizo una pausa para recobrar el aliento y contener las lágrimas—. Fue cuando conocí los dones de Lola, que lo ayudó a cruzar a la luz después de hacer que pudiéramos hablar una última vez y despedirnos. Antes de que ella interviniera, el pobre Samuel llevaba meses vagando por aquí intentando hablar conmigo. Aunque soy sensible a las energías, no podía verle ni oírle. Ella nos ayudó a poder despedirnos y a que tuviera su eterno descanso.

—¿Qué quieres decir con eso de «sensible a las energías»? —Estela era única para hacer preguntas sin pensar, pero directas a donde la curiosidad la llevaba.

—Verás, puedo sentir la energía de las personas e, incluso, trabajar hasta cierto punto con ellas. Por eso, tranquilicé a Lola tras el amago de ataque del tal Rafael, al que maldijo luego o sentí la presencia de Gabriel cuando entró a besarla mientras estábamos en la puerta. —Las palabras de Luz tenían un tono de misticismo que paralizó a Estela—. Es más, cuando mi vínculo con las personas es fuerte, puedo sentir sus energías, aunque estén a gran distancia. Por eso, pedí el traslado a este hospital, para estar cerca de Lola. Sabía que algo estaba pasando desde hacía algún tiempo.

Estela se quedó aún más a cuadros de lo que ya estaba. Lola le había hablado miles de veces de cómo todo en el universo tiene una conexión y de la inexistencia de la casualidad. Ella siempre había atendido las lecciones de su amiga, sin terminar de entenderlas. Ahora, Luz era algo así como la confirmación de una parte de lo que ella le había explicado. De cómo la batalla del faro había debilitado a Lola hasta hacerle perder sus dones, el ataque de ese Rafael que la había dejado yaciendo sobre la hierba en la puerta del faro, la aparición de Luz, aun cuando Lola acababa de ingresar en el hospital… Empezó a ver los nexos entre aquellos sucesos y entendió que su historia, la que le permitió redimir su pasado y el de Jorge para poder empezar su historia juntos, era el comienzo de la de su amiga. Súbitamente, llegó a la conclusión de que había un cabo suelto en la vida de Lola que tenía que resolverse para que ella pudiera retomar las riendas de su vida.

—Vamos, se hace tarde —dijo de sopetón.

Faltaba poco para la hora en que tenía que relevar a Jorge. Cierto es que podía dejar a Luz en la casa hasta que este llegara, pero no estaba dispuesta a dejarla un minuto sola. Con la que estaba cayendo y su propia experiencia, era consciente de que no podían descuidar ningún detalle para sentirse los cuatro totalmente seguros.

Jorge leía mientras escuchaba la radio. No se explicaba cómo ese aparato que tantos sustos había dado seguía siendo necesario para romper el silencio sepulcral de aquella habitación. Lola se había dormido entre las lágrimas por la despedida de Gabriel y la calma que sentía sabiendo que su amado esposo ya descansaba y la esperaba en la eternidad. Sabía que lo echaría de menos, que ahora que volvía a poseer sus dones podría haber tenido muchas más charlas con él antes de irse a dormir y que todo podía volver a ser como en los últimos años, desde que el sargento Yáñez había abandonado el plano físico. Pero también era consciente de que todo tenía una razón y comprendía el porqué de la despedida de quien había sido su faro, su referente y la luz que había guiado muchos de sus pasos. Lola solía decir que el amor tiene un componente de admiración mutua: ella admiraba su elegancia, temple y resolución, mientras él siempre había tenido devoción por ese carácter dicharachero capaz de endulzar la más agria situación.

—Cómo comenzamos, yo no lo sé, la historia que toca a su fin. —Una voz sonaba terriblemente sarcástica, burlona y con matices amenazantes. También sonaba a roto, como si viniera de un hombre con la voz rasgada, en la que residía una mezcla de odio y amargura. Jorge buscaba de dónde podía venir esa voz, hasta que una presencia aterradora se mostró ante él.

Era una figura masculina, con el rostro ajado por el tiempo —cosa extraña en un espectro— y un aura oscura que lo rodeaba. Esto le sonaba de lo que había visto dos años atrás en Carlos. Su apariencia era corpulenta y fuerte, aunque mostraba cicatrices en su cuerpo y una especie de desfiguración en toda su anatomía que hacían intuir una muerte trágica y violenta. Jorge sabía que no eran las emociones de ningún vivo, como aquellas presencias que le habían acompañado durante tantos años. Lo que tenía delante era el alma maligna de un muerto que había abandonado este mundo lleno de odio y rencor.

No puedo vivir sin ti

—Algo está pasando en el hospital —dijo Luz.

Estela se guardó sus preguntas y aceleró. Lo que le había contado ella previamente le hizo entender que había «escuchado» a las energías que podía sentir y que las cosas se estaban poniendo feas. Una sorprendente calma se apoderó de ella. Confiaba en que a Jorge y Lola no les pasaría nada. Quizá, la mayor pregunta que tenía en su cabeza era por qué se sentía tan confiada y segura. Luz puso su mano sobre la mano derecha de Estela, que descansaba sobre la palanca de cambios. Sintió en la farera tanta seguridad que necesitaba contagiarse de ella. El roce de su piel y las sensaciones que transmitía le hicieron entender que su confianza y calma eran totalmente intuitivas. No sabía qué era, pero estaba convencida de que Jorge podría controlar la situación.

—No puedo estar sin ti, no hay manera —canturreaba la voz de aquella presencia siniestra.

Jorge observaba al visitante y percibía la cantidad de odio que desprendía su aura oscura. Se interpuso entre él y la cama de Lola, decidido a proteger a su amiga de Rafael. Estaba seguro de que era él, el que Lola había nombrado en sueños y del que todos esperaban saber quién era y por qué había atacado a Lola, retorciendo para ello sus más ocultos deseos para forzarla y hacerle tanto daño. Sin duda, debía de conocerla bien y estaba seguro de que había algún origen para tanta inquina como rezumaba. Jorge extendió sus brazos hacia delante, como si rechazara la presencia de aquel enemigo y se dio cuenta de que una especie de luz blanca rodeaba y envolvía su cuerpo. Rafael trató de avanzar, viéndose repelido; Jorge tampoco entendía nada. Con sus manos desnudas desprendiendo aquella luz, estaba conteniendo al que fue capaz de destruir el poderoso amuleto que Lola llevaba la noche en que aquel desagradable espectro la había tomado por la fuerza, poseído y abandonado a su suerte. El espectro desapareció, la luz volvió a entrar por las ventanas y Jorge se quedó más tranquilo. Hasta el olor a podrido que había precedido a la aparición del fantasma desapareció. Volvió la cara y encontró a Lola despierta, semisentada y con los brazos extendidos como él mismo los había tenido hacía un momento. Desconcertado, miró hacia los lados como si buscara una respuesta y vio que las chicas estaban en la puerta de la habitación.

—¿Qué diablos ha sido eso? —preguntó Estela.

Jorge había repelido a ese espectro tan lleno de odio. La luz blanca que lo había envuelto hasta ese momento era algo que ella nunca había visto en su amado.

—No tengo ni idea. Ha sido una reacción instintiva, como cuando alguien viene buscando pelea y te defiendes —trataba Jorge de explicarse sin saber bien qué decir—. De repente, sentí una energía dentro de mí y unas manos que me sostenían por la espalda. Lola, ¿has sido tú?

—Sí y no —respondió Lola, enigmática por un instante, pero dispuesta a explicarlo todo—. Tu instinto te llevó a ponerte en medio; yo sólo te he sostenido por si el asombro te desconcentraba en mitad del duelo que estabas teniendo. Pero hay algo que tienes que saber; en realidad, ya lo sabes, pero te lo llevas negando toda la vida. Jorge... —Lola hizo una pausa de varios segundos— ... tú también tienes el don.

Todos enmudecieron ante las palabras de Lola. Esta les explicó que Jorge, después de aquellas experiencias del pasado, había desarrollado ese don que le permitía ver y oír a las presencias. Que, aunque muchas no eran de personas muertas, sino emociones de personas vivas que querían cuidarle de algún modo, el dolor que había arrastrado durante tantos años le había abierto los sentidos hacia el otro plano. Jorge había querido morirse tantas veces por el sentimiento de culpa que, de alguna manera, parte de su ser ya estaba en el más allá.

—Yo sólo te he sostenido, Jorge —concluía Lola—. A Rafael lo has echado de aquí tú solo.

La estupefacción se apoderó del muchacho. Estela y Luz se miraban perplejas y Lola sonreía, recordando la cara que se le quedó cuando Silvia, su maestra, le había dicho algo parecido. Ella no había llegado a sus dones por el dolor, era algo más innato, pero el hecho de saber que los tenía le había producido entonces el mismo *shock* que podía verse ahora en el rostro de Jorge. No debía ser fácil asumir el tener una habilidad especial que el común de los mortales ni siquiera termina de creer que pueda existir. Lola agradecía el amor incondicional que Jorge había mostrado, pues, estando aún poco avezado en el uso de sus habilidades, había conseguido hacer frente al violento y poderoso Rafael.

—Creo que es momento de que nos cuentes, Lola —Estela siempre tan directa—. ¿Quién es Rafael? ¿Por qué te odia de esa manera?

—Buenos días, Lola. ¿Cómo está nuestra paciente favorita? —interrumpió el médico el transcendental momento mientras Estela ponía los ojos en blanco. Este se acercó hasta ella, comprobó que se encontraba en muy buen estado y sonrió—. Creo que en unos días volveré a verte en la cafetería. En una hora te traerán los papeles para darte el alta.

Un estallido de júbilo inundó la habitación. Sabían que era cuestión de poco tiempo desde aquel último beso de Gabriel, que supuso una veloz mejoría en la médium. Sin embargo, al igual que las malas noticias, no importaba cuán preparado se estuviera o con cuánto tiempo se supiera: cuando el momento llegara, las emociones se desbocarían y ese momento, por fin, había llegado. Casi no acababan de empezar a celebrar la recuperación de Lola cuando vinieron dos celadores a llevarle los papeles para firmar y ya embarcaban en el coche para dirigirse a casa de Estela y Jorge. Estaban tan contentos que hasta Estela aparcó sus preguntas sobre Rafael y se centró en disfrutar del momento. Lola no volvería a su casa aún; se quedaría con Jorge, Estela y Luz en la casa de la pareja. Estaba recuperada y pronto volvería a trabajar, pero acordaron que siempre habría alguien más de entre los cuatro pendiente de ella, por si acaso.

Siguieron la fiesta en la casa. Jorge compró unas bebidas y algo para picar. Pusieron música. Las chicas bailaban y hasta Lola se permitió algún movimiento de caderas, aunque, después de tantos días en cama, se agotaba con facilidad. De repente, sonó de nuevo la canción que Jorge había oído a Rafael canturrear antes de presentarse en la habitación del hospital: *«No puedo vivir sin ti, no hay manera. No puedo estar sin ti, no hay manera...».* Los cuatro se quedaron en silencio por un momento, sólo se oía la música. Al cabo de unos segundos, estallaron en risas, viendo que no se oía ninguna voz extraña ni había alteración alguna en el ambiente. No sabían que esa calma duraría poco...

Maldito duende

La fiesta se demoró mientras pudo. Jorge llamó a la pizzería para quedarse en casa, avisando al encargado que dejaba allí para que le avisara sólo en caso de necesidad. Estela tendría que marcharse más tarde al faro. Lola estaba más animada tras recibir el alta y sentirse arropada por sus amigos. Se decía que el tiempo es lo más sagrado que tienen las personas, pues el tiempo que se va ya no vuelve, y agradecía el que Jorge, Estela y Luz le estaban dedicando. Sin embargo, no tardaría en irse a la cama, pues aún se sentía fatigada tras tanto tiempo en casa y haberse permitido unos bailes en la celebración de su salida del hospital.

Estela veía cercana la hora de marcharse. Besó a Jorge, hizo lo mismo con Luz y, tomando las nucas de ambos, los acercó hasta dejarlos unidos por un beso más largo.

—Han sido unos días muy tensos. Divertíos —dijo con una sonrisa pícara.

Los dos hicieron caso a la farera, que salía de la casa para afrontar otro turno de trabajo. Se besaron con sutileza y suavidad, sintiendo cómo sus respiraciones se aceleraban en cada beso. Luz dirigió la cabeza de Jorge hacia su cuello, dejándose mimar por el muchacho. Ella buscaba con su boca el lóbulo de su oreja, mientras él daba suaves besos y mordisquitos en el cuello de su compañera. Estela y Jorge habían oído a Lola hablar de sus experiencias liberales con Gabriel y habían decidido experimentarlas de vez en cuando. Era por eso que tenían entre ellos esa confianza que había permitido a la farera tontear con Luz esa misma mañana o dejar a Jorge en la erótica compañía de Luz. Y ahí estaban, devorándose a besos, mimándose con caricias y liberándose de la ropa para sentirse piel con piel.

Habían saboreado sus cuerpos sin prisas, vistiéndose de saliva el uno al otro. Habían usado sus bocas para venerar sus sexos y Luz ahora estaba a horcajadas sobre el pizzero, que estaba sentado con las piernas extendidas para disfrutar más de los suaves contoneos que la enfermera estaba desplegando sobre él. La sujetaba por las nalgas y a veces acercaba su boca hacia donde sus pechos caían de vez en cuando, producto de los vaivenes que el movimiento provocaba. Entonces ella ralentizaba su accionar para agarrar la cabeza de Jorge y apretarla contra su busto. Lo liberaba y seguían con su acción, sin dejar de mirarse fijamente a los ojos. Jorge se levantó, cargando en sus brazos a Luz mientras esta cruzaba sus piernas sobre la espalda del muchacho. La colocó con delicadeza sobre el mismo sofá en que había estado sentado y se colocó sobre ella, moviendo su pelvis con parsimonia y manteniendo la mirada hacia los ojos de su amante. Él sacó su miembro de la cavidad de Luz, eyaculando sobre su vientre mientras ella, acariciando su propio sexo, tenía un sutil pero intenso orgasmo. Se quedaron abrazados sobre el sofá hasta que el sueño hizo acto de presencia. Si necesitaban relajarse, no había duda de que lo habían conseguido; la noche los sorprendió dormidos sobre el *chaise longue.*

«Las distancias se hacen cortas, pasan rápidas las horas y este cuarto no para de menguar...». La voz de Bunbury y esa parte de la canción despertaron a Lola, desorientada al salir del profundo sueño y no reconocer la habitación que Estela y Jorge le habían preparado. Además, había vuelto a tener su pesadilla habitual: el globo terráqueo, el rayo y esa dama oscura tan calmada como inquietante. Casi a tientas, buscando el interruptor de la luz, acertó a encontrar el pomo de la puerta, que estaba junto a la propia cama y salió al pasillo. Encontró las escaleras y bajó, encontrando desnudos y dormidos a Luz y Jorge. Se tumbó entre ellos, sintiéndose de algún modo reconfortada. Sin embargo, la sala se oscureció hasta verse todo en blanco y negro, quedando sólo iluminada la figura de Lola y la silueta que la observaba a través de la ventana: Rafael estaba allí repitiendo ese pasaje de *Maldito duende* con su voz aguardentosa y rasgada.

—¿Qué haces aquí? ¿Por qué me persigues? —preguntó Lola con voz firme, poniéndose en pie. Una energía inusual desbordaba su cuerpo, hasta hacía unos segundos desnortado por el sopor.

—¿Por qué te persigo? ¿Por qué huyes de mí? Llevas toda tu vida haciéndolo —respondió Rafael, escupiendo sus palabras y desplegando su aura oscura y cargada de odio—. ¿Qué tendría ese sargentito para que me dejaras por él?

—¿Por él? No, Rafael. Te dejé porque siempre estabas drogado o borracho. Te dejé porque tus celos me ahogaban. Y, sobre todo, porque tenías las manos demasiado largas. Estaba harta de heridas y moratones.

—Y tuviste que elegir a ese cursi relamido con su uniforme y sus maneras refinadas. —La voz del espectro sonaba con tétrico sarcasmo.

—Él no tenía la culpa de que fueras un borracho, drogadicto y violento. Sabía cómo tratarme y cómo tratar a las personas. Y lo conocí mucho después de dejarte, Rafael.

El fantasma hizo un amago de entrar a la sala donde estaba Lola; sin embargo, algo lo detuvo. Con un siniestro alarido, se marchó y la sala recuperó su luz, como si el tiempo hubiera vuelto a correr tras la marcha de Rafael. Entre sollozos, Lola se reunió con sus amigos y se sentó entre ellos; estos despertaron a los pocos instantes. Preguntaron a Lola qué pasaba y se quedaron boquiabiertos cuando ella les contó lo ocurrido. Sin duda, tenían que encontrar la manera de deshacerse del desagradable visitante que acosaba a la médium. También se preguntaban por qué no había logrado entrar cuando lo intentó, qué lo había detenido. Se congratulaban por ello, pero no llegaban a entenderlo. ¿Qué tendría la casa para que el espectro no hubiera podido acceder a ella?

Estela tomaba su café en el faro. Había pasado ya un par de rondas. Normalmente, ya habría caído en la primera cabezada de la noche; sin embargo, aunque le era ajena la visita de Rafael a su casa, no terminaba de sentirse tranquila. Incluso, por su propia experiencia, volvió a mirar con recelo la mera posibilidad de quedarse dormida. Al igual que ella había sido seducida por el placer que aquellas presencias le dieron, tenía claro que existía la posibilidad de que Rafael pudiera intentar hacer algo parecido con ella, al igual que se lo había hecho a Lola. Su mente, siempre curiosa y resabiada desde aquella experiencia, trataba de contemplar cada escenario posible en un intento de predecir el próximo movimiento del cruel antagonista de su amiga. No obstante, era consciente de que necesitaba saber quién era Rafael, qué tenía contra Lola y qué mantenía viva esa llama del odio que lo hacía tan poderoso. Igualmente, se preguntaba cómo alguien con tanto poder como para destrozar aquel amuleto podía retroceder ante el equilibrio energético de Luz o ante un neófito en los dones paranormales como su amado Jorge.

¿Estaría jugando con ellos para que se confiaran ante los supuestos ataques fallidos?

¿Estaría haciendo una guerra de desgaste, apareciendo sin mostrar su poder para saturar las mentes de Lola y sus amigos? Desde luego, tenía claro que no era lógico que una energía tan potente pudiera ser rechazada con tanta facilidad.

«He oído que la noche es toda magia y que un duende te invita a soñar...». La voz de Bunbury sonaba en el ambiente. Estela miraba hacia los lados, tratando de averiguar de dónde venía esa voz. Sin embargo, la estancia quedó en silencio. Estela correteaba por la sala, desorientada, sintiéndose atrapada y sin saber a dónde escapar. La sala empezó a oscurecerse, quedando a media luz sin que ninguna presencia hiciera su

aparición. Sólo una voz rota y aterradora dejaba su eco en aquel lugar.

—Amanece tan pronto y yo estoy tan solo y no me arrepiento de lo de ayer. —La voz retomaba la canción en este punto—. ¡Y no me arrepiento de lo de ayer! —gritó al final.

La sala recuperó su luz habitual y el ambiente dejó de estar tan enrarecido. En ese momento que parecía breve, habían pasado varias horas. Efectivamente, amanecería pronto. El espectro vino y se fue totalmente solo y ese «no me arrepiento de lo de ayer» se asociaba directamente a lo sufrido por Lola. Si Fray Luis de León se había referido a un «ayer» de varios años, bien lo podía hacer Rafael para aludir a lo ocurrido apenas unos días antes. Se quedó sentada, con el susto en el cuerpo y entendiendo el siguiente movimiento: nadie estaba seguro, llegados a este punto.

Al amanecer, Estela salió del faro y en la puerta la esperaban Jorge, Luz y Lola. Sabían que algo había pasado y se desplazaron hacia allí para recogerla. En el camino hacia la casa, Lola iba con Jorge y Luz con Estela. Pararon en el hospital, Luz tenía que entrar a su turno de trabajo. Estela le dejó su coche para que volviera a terminar y montó con Jorge y Lola. No es que se marcharan muy convencidos de dejar a Luz sola, pero tampoco tenían más remedio. Estarían pendientes del teléfono a falta de mejor solución. La pregunta que quedó aparcada con el alta médica de Lola volvió a romper el silencio.

—Lola, ¿quién es Rafael?

Cuéntame al oído

Tras la pregunta de Estela, se hizo un silencio expectante. Estela no tardó en romperlo, relatando lo que había pasado aquella noche. Su voz sonaba asustada, aunque entera. Al menos, esta vez no había habido nada parecido a un ataque ni a un intento de engatusarla con el aluvión de sensaciones que usaron las otras presencias hacía dos años. No había llegado a ver al espectro, sólo a oír su desagradable voz. Finalmente, Estela terminó de hablar y esperó a que Lola respondiera a su pregunta: ¿quién era Rafael?

—Todo comenzó un par de años antes de conocer a Gabriel —empezó diciendo Lola—. Lo conocí en una de esas acampadas con amigos en Los Caños de Meca. Ya os he hablado de ese sitio y de las escapadas que hacíamos. Ya sabéis, *la cabaña del Turmo*. Después de coincidir varias veces, quedamos de vez en cuando a tomar café o alguna cerveza.

Lola hizo una pausa que denotaba su incomodidad al contar esta historia. No obstante, tendría que hacerlo viendo el cariz que habían tomado las cosas. Rafael no sólo la había atacado a ella, sino que ahora había ido a por Estela y suponía que cada uno iría encontrándose con él de una u otra forma. Quizá, pensaba, Jorge era el único que podía estar más o menos seguro: estaba convencida de las capacidades del joven, pese a que aún no acababa de creerse su don y le quedaba mucho para dominarlo. Él había repelido a Rafael en el hospital, pero aún no sabía qué hacer con ese poder que tenía. Lola tragó saliva y continuó con su relato.

—Con el tiempo, las citas fueron más largas, más intensas y comenzamos a salir en serio. Sin embargo, cuanto más tiempo pasaba con él más me chocaban sus comportamientos. A veces, venía muy borracho; otras, parecía tener una energía sin fin, decía cosas sin sentido. Incluso llegó un momento en que se ponía muy agresivo, hasta que decidí romper con él y aún tuve que salir corriendo de cómo se puso. Ya alguna vez me había llevado un golpe, porque no le gustaba que fuera así de dicharachera, ya me conocéis. Tuve que desaparecer para él. Supe que me buscaba por todas partes. Incluso un día se presentó en casa de mis padres. De repente, nunca más supimos de él, ni yo ni nadie que yo conociera. Pasado algún tiempo más, volví a atreverme a hacer mi vida normal. Un día conocí a Gabriel. El resto ya lo sabéis, bonitos.

El silencio volvió a adueñarse de ese coche mientras llegaban a la casa. Lola tenía ganas de llorar, aunque no le salía el llanto. Había contado y revivido una historia muy dura para ella y sus amigos entendieron que, por suerte, la había contado a grandes rasgos. Había omitido detalles mucho más duros. No se había detenido a contar cómo ese «llevarse algún golpe» no era algo tan ocasional como la frase podría dar a entender. Rafael había sido un hombre celoso y agresivo que, además, tenía las drogas y el alcohol como impulso adicional para esas acciones.

—¿No sabes siquiera cómo murió? —preguntó Estela, diciéndose justo después que podía haberse ahorrado una pregunta un tanto irrelevante y que llegaba en mal momento.

Lola negó con la cabeza. Era posible que hubiera sido una sobredosis, quizás algún percance por ir con los sentidos nublados por las drogas o el alcohol... El caso es que ahí estaba, con aspecto tenebroso y desfigurado, con esa voz quebrada y aguardentosa, y con un aura tan cargada de odio y rencor que sus apariciones inundaban cualquier lugar con olor a podrido. Seguramente, pensaba, habría podido predecir su ataque si hubiera sido en un lugar cerrado; quizá no pudo porque no tenía sus dones y se daba cuenta de ese olor ahora que los había recuperado. A fin de cuentas, era el hedor que desprendía el aura maligna de un espectro. No quería pensar mucho más. Desde luego, eran ya demasiadas las incógnitas para ella.

—Recuerdo verte tirada boca abajo en la puerta del faro —dijo, de repente, Estela—. ¿Qué fue lo que te hizo?

—Utilizó una fantasía que yo tenía hacía mucho tiempo —respondió Lola, resignada a tener que destapar todas las cartas pese a que estaba siendo más que complicado para ella—. Él sabía que me excitaba la idea de que alguien me sorprendiera, saliendo de donde menos lo esperase y lograra excitarme hasta que me dejase tomar, ya sabéis. Pero él ha usado esa fantasía que sólo él y pocos más conocían para retorcerla y violarme. Cómo me dejó inconsciente, no lo sé.

Estela se llevó las manos a la cara, maldiciéndose por hacer tantas preguntas, incluso cuando era consciente de que estaba siendo demasiado. Cuánta curiosidad y qué poco tacto, se reprochaba. Sin embargo, ahora podían hacerse una idea de a qué se enfrentaban: un amante despechado que, por alguna razón, llevaba muchos años esperando para hacer daño a Lola por haberlo dejado. Alguien celoso y posesivo que, además, tenía esos vicios que acentuaban su agresividad.

—Ahora que recuerdo, sí lo vi una vez más —dijo Lola de repente—. Fue cuando ya salía con Gabriel. Hizo ademán de acercarse, hasta que lo vio a él y se quedó quieto. Se quedó mirándonos fijamente. Estaba muy desmejorado, más aun que cuando lo dejé. La cara desencajada, los ojos fuera de sus órbitas… Sin embargo, se acobardó ante la presencia de Gabriel. Y, al mismo tiempo, supongo que le hizo daño verme feliz y sonriente con él.

Estela y Jorge iban encajando las piezas según Lola les contaba. No sólo era un amante despechado, celoso, posesivo y exaltado por el alcohol y las drogas, sino que tenía intenciones de acosar a Lola y se había abstenido sólo por la presencia de Gabriel. Por esto último, al acobardarse, Rafael se habría sentido humillado, dentro de sus conceptos más que presumibles de masculinidad tóxica. Y, suponían, habría aprovechado que Lola no tenía sus dones para tener cerca a Gabriel para llevar a cabo ese perverso ataque a las puertas del faro. Mientras iban entrando ya en la casa, Estela seguía pensando y soltando cada pregunta que le venía por la mente, no pudiendo resistirse pese al arrepentimiento que había sentido un poco antes.

—¿Crees que puede tratar de atacarnos por separado para que estés sola de nuevo? Debilitarte de alguna otra manera, ya sabes… —La mente de Estela no paraba de dar vueltas y buscar más cabos sueltos.

—Es justo lo que pensé cuando estabas contando que anoche trató de asustarte —respondió Lola, tajante.

Estela preparó café mientras Jorge y Lola hablaban de sus dones. El joven escuchaba a su amiga mientras ella trataba de explicarle cómo manejar esa habilidad que había descubierto por el mero instinto de rechazar la presencia de Rafael. Intentaba enseñarle cómo concentrarse, qué debía visualizar en su mente, cómo proyectar su luz para defenderse de espectros como el que ahora les atosigaba, etc. Le explicó que aún daba para mucho más ese poder que tenía, pero que disponían de poco tiempo para que él aprendiera a ser un refuerzo para ellos. Luz podía sentir y equilibrar energías; ellos podían interactuar con las almas de los muertos.

—Y yo no sé hacer nada, pero os doy apoyo moral —interrumpió Estela, llevando tres cafés humeantes, perfectos para el día de frío que estaba haciendo.

Los tres rompieron a reír ante el comentario de Estela, que sirvió de alivio cómico a tanta tensión y seriedad. Se dieron cuenta entonces de cómo echaban de menos esas carcajadas, esos cafés donde hablaban de cómo les iban las cosas o de sus salidas de fin de semana. Algunas veces se contaban sus escarceos liberales o veían películas juntos. Echaban de menos esos momentos donde no había un fantasma copando sus pensamientos ni conversaciones y podían ser unos amigos totalmente normales.

Pasaron las horas y Luz llegaba a la casa. Estela preparó más café tras ofrecer algo de comer a la enfermera, que ya había comido en el hospital. La tarde estaba siendo relajada. Luz agradecía ese pequeño impulso del café que mitigaba un poco su cansancio y Estela empezaba a prepararse para marcharse al faro. No se podía decir que estuviera muy tranquila. Jorge acompañaría a Luz a recoger sus cosas de la pensión. Mientras Rafael no desapareciera de sus vidas, estaría también con sus tres amigos. Nadie quería quedarse solo si no era inevitable. Obviamente, el caso de Estela lo era; sin embargo, Lola tenía una idea mejor.

—Esta noche me quedo contigo allí, Estela. Si ese imbécil de ultratumba vuelve, no es aconsejable que estés sola. —La voz de Lola sonaba tan firme que nadie se atrevió a decir nada al respecto. Incluso Estela, que recibió la idea de buen grado, se limitó a asentir con la cabeza.

El talismán

Luz estaba sola en la casa. Jorge se había ido a trabajar y Estela tenía la compañía de Lola, que la acompañaba en el faro; sin embargo, no se encontraba asustada, ni mucho menos. Sabía que Rafael no había logrado entrar ahí en el anterior intento y que, por alguna razón que desconocía, estaba segura entre esas paredes. No sabía qué era lo que había impedido al fantasma entrar ahí como lo había hecho en casa de Lola o en el hospital. En cualquier caso, se quedó tranquila viendo la televisión, hasta que el sueño hizo mella en ella y quedó plácidamente dormida.

Lola dormitaba mientras Estela escribía algún poema y pensaba en alguna melodía que pudiera convertirlo en canción. Despertaba a Lola cuando pasaba las rondas, para que esta pudiera acompañarla y sentirse más segura. Mientras tanto, Jorge atendía la pizzería en una noche en que estaba muy concurrida. Por un lado, deseaba que cada noche fuera así; por otro, agradecía cuando podía descansar un poco y dejar el negocio en manos de sus empleados. Satisfecho por el éxito de esa noche, Jorge cerró el local y se dirigió a casa.

Por el camino, la radio saltó de repente: «*Yo soy la tierra de tus raíces, el talismán de tu piel lo dice; yo soy la tierra de tus raíces, lo dice el corazón, el fuego de tu piel…*». Jorge entró en tensión, esperando otra visita del dichoso espectro como otras veces había ocurrido en idénticas circunstancias. Sin embargo, lo que vio fue una gran luz blanca que alumbraba el camino como si fuera de día. Sorprendido, aminoró la marcha: no tenía claro qué podía ocurrir, aunque la sensación que le daba esa situación no era mala. Más bien, lo contrario. Llegó a casa y encontró a Luz acurrucada en el sofá y con la televisión encendida. Le puso una manta por encima y él cogió otra para echarse en el *chaise longue*. Así, ninguno de los dos estaba solo; los cuatro, entre la casa y el faro, formaban dos binomios cuyos miembros se arropaban y protegían.

La noche dio paso a un nuevo día y las chicas regresaron del faro. Jorge estaba despanzurrado en el *chaise longue*, mientras Luz parecía un ovillo humano en el otro sofá. Estela puso la cafetera y se fue a duchar mientras Lola se aseaba un poco. Unos minutos más tarde, comenzó a hervir la cafetera y tanto Jorge como Luz se desperezaban con el delicioso aroma del café. Una mañana apacible les daba la bienvenida al nuevo día. En la cocina, despachaban el café con unas tostadas y comentaban cómo había ido la noche.

Estela había tenido la noche tranquila y los ratos en que Lola había estado despierta se habían reído mucho juntas. Luz apenas contó lo mala que era la serie que estaban dando en la televisión mientras el sueño la rendía y Jorge contó el extraño salto de la radio, la canción concreta y esa luz que inundaba su camino. Lola sonrió con melancolía. La luz blanca le hizo interpretar que Gabriel intentaba decirles algo. La canción de

El talismán trataba de ser una pista; sin embargo, no terminaba de deducir cuál era el mensaje. ¿Qué estaba tratando de decirles Gabriel?

Siguiendo ese estribillo, buscaron el significado de las «raíces». Dudaban si tenía que ver con su tierra natal o con ese pueblo donde llevaba tantos años que había echado raíces. También aparecía dos veces la palabra «piel». Así que entendieron que lo que Gabriel, supuestamente, querría decirles estaría entre esas dos palabras. Buscaron puntos en común con su enemigo: él era paisano suyo y estaba obsesionado con la piel de la hermosa Lola. Y en esas cavilaciones andaban, mientras la mañana se iba pasando. Tenía que haber algo para acabar con Rafael y esta vez no sería un frasco de lágrimas. El palo santo podría frenarlo, las piedras que usaban para equilibrar las energías podían ser de alguna ayuda, pero el odio y rencor que emanaba el aura del espectro lo hacían poderoso. Tanto como para haber destrozado aquel amuleto de obsidiana con detalles plateados. Lola solía decir que «negro con plata, mata» y lo único que murió aquella noche fue el propio amuleto.

Al llegar la tarde, el grupo se deshizo de nuevo en los dos binomios: Lola estaría con Estela en el faro y Luz se quedaría con Jorge en la casa. Jorge podría tener que marcharse, había dado instrucciones a su encargado y estaría disponible y localizado. No obstante, sabía que en la casa estaría segura y, más allá de un susto que Rafael quisiera darle desde fuera, no sufriría un ataque que la pusiera en riesgo. Mientras llegaba la hora de irse, Lola descansaba un poco, sin llegar a dormirse, mientras Estela preparaba sus cosas para echar su jornada. Cada uno tenía sus propias preguntas, aunque no acababan de exponerlas: bien porque cualquier descubrimiento que hicieran fuera una respuesta, bien para no añadir más leña a la hoguera de interrogantes que ya tenían por resolver. Jorge se preguntaba cómo usar su don recién descubierto contra el fantasma; Luz trataba de encontrar una manera de que el perdón atenuara su odio e, incluso, pudiera cruzar al otro lado sin necesidad de derrotarlo; Lola daba vueltas a qué habría querido decir su amado Gabriel con el estribillo de *El talismán*, de Rosana Arbelo, y Estela se preguntaba por qué su casa era el único sitio donde Rafael no había podido entrar.

Llegó la hora en que Estela y Lola se marchaban hacia el faro. Jorge, con su móvil siempre al lado, veía una película con Luz. Ella se sentía extraña tras haber tenido ese encuentro sexual con Jorge, a pesar de que la propia Estela les había animado a llevarlo a cabo y de que conocía la filosofía liberal que Lola le había explicado alguna vez y ahora había vivido por primera vez. Incluso Estela había tenido ese reciente y leve tonteo con ella misma. Le había gustado el juego de la farera, le había gustado estar con Jorge y le había encantado esa sensación de haber liberado todas las tensiones y sentirse deseada. Pero, a pesar de todo ello, era la primera vez para ella.

—¿Estás incómoda? —preguntó él.

—Lo pasé muy bien, pero me siento rara —respondió Luz.

—Entiendo. Yo también me sentí así la primera vez. —Jorge se mostraba comprensivo. Él también tuvo esa primera vez, aunque fuera dentro de esa vorágine de encuentros eróticos de Estela con las presencias y él llegara con esa dinámica ya empezada a la vida de la farera. Luego, ya entre personas de carne y hueso, habían estado con la propia Lola alguna vez e, incluso, con otras parejas de pueblos cercanos.

—¿Cómo lo lleváis ahora con esa normalidad? Tu propia pareja te dejó aquí conmigo, nos animó a hacerlo y se marchó tan tranquila —intentaba comprender Luz.

—Verás, nuestro vínculo como pareja es muy sólido. Hemos pasado mucho juntos, somos felices juntos y entendimos la diferencia entre el placer y el amor. Costó un poco, ya sabes, nos enseñan a ser «fieles» —hizo el gesto de comillas con los dedos—, a ser monógamos… Pero, al final, descubres que esto es una forma de diversión y el amor es para tu pareja.

—Entiendo. ¿No surgen celos a veces? —quiso saber Luz. Su incomodidad se estaba convirtiendo en curiosidad. A pesar de las explicaciones de Lola, era la primera vez que podía hablar de esto con alguien más y, además, coincidía que era alguien con quien ella misma había estado.

—Es natural que surjan. Otra cosa es cómo manejarlos. Sin embargo, cuando ya se llega a este nivel de confianza, no suelen ser un problema. Y si los dos sabemos y estamos de acuerdo en lo que se vaya a hacer, es raro que surja alguna pega o incomodidad.

De repente, Luz se sintió mucho mejor. La naturalidad con la que Jorge le explicaba todo era como una manta cuando hace frío; producía un confort y una sensación tan agradable que dejó de sentir ese cosquilleo incómodo en la tripa. Se acurrucó en el sofá, mientras Jorge se recostaba en el *chaise longue* y se quedó viendo la película. Carmelo Gómez hacía de Teodoro y acababa de llevarse dos bofetones de la condesa de Belflor, encarnada por Emma Suárez. Le parecía que esa obra de teatro del siglo XVII se había escrito para que Pilar Miró dirigiera esa película. Estaba disfrutando de ella como hacía años que no gozaba con otro film.

Estela estaba terminando un poema mientras Lola leía. Faltaba una hora para la siguiente ronda y pasaban el tiempo como podían. A veces, manteniendo un contacto tan estrecho y continuo como el de ellas, no se sabe de qué hablar, porque ya se ha contado todo entre ambas partes. Aun así, no tardarían en empezar a hacerse bromas, cosquillas o comentar cualquier cosa que hubieran visto en televisión, leído u oído. Estaban muy pendientes de atenderse y cuidarse la una a la otra. Lola iba con ella a hacer las rondas; Estela le explicaba lo que era cada cosa y para qué servía y así iban pasando la noche. No tardaron en llegar de nuevo a la pequeña sala de estar y preparar café. Las luces arrojaron un guiño tembloroso, de esos que Estela parecía haber olvidado desde la noche en que Carlos fue destruido. La sala se oscureció, pero ninguna silueta ni presencia aparecía. Sólo esa voz rasgada y aterradora.

—El talismán de tu piel lo dice… —cantaba con una entonación que denotaba burla y repugnancia al mismo tiempo—. El talismán… ¡Maldita seas!

Ante ese último grito, Estela sintió una angustia que recorría su cuerpo y un escalofrío que hizo temblar su espalda como una montaña de gelatina. La sala recobró su luz y la farera, con las manos en su vientre, corrió hacia el aseo. El vómito hizo acto de presencia y Lola acudió a sujetar su frente y echarle agua por la cara cuando se encontró algo mejor. Aquella visita y ese grito desesperado habían sobrecogido a las dos. Sin embargo, Rafael no había podido entrar plenamente en aquella estancia y eso las hacía sentir seguras pese al susto y los nervios que sentían. Estela continuó sintiendo náuseas durante unas horas más, con segunda visita al aseo incluida. A saber si el café tras el amago de aparición de Rafael no le habría sentado mal.

Por la mañana, Luz y Jorge preparaban el desayuno ante la inminente llegada del binomio del faro. Hicieron café y dispusieron unos dulces, rallaron tomate y sacaron el aceite después de cortar un poco de jamón. Las tostadas esperarían hasta que las chicas llegaran. Pasó un breve espacio de tiempo cuando oyeron el motor del coche y acudieron a recibirlas. Al abrir la puerta, Jorge se alarmó al ver que Estela tenía mal aspecto y que Lola conducía. Sin embargo, Lola lo tranquilizó y ambos ayudaron a Estela a bajar del coche. Cuando más tranquilo se quedó Jorge fue cuando vio cómo su amada mejoraba sensiblemente al cruzar el umbral de la puerta. Era como si, de repente, alguien le hubiera puesto unas pilas nuevas. Al poco, todos estaban en la cocina desayunando y comentando lo ocurrido en el faro. Luz miraba fijamente a la farera.

—Se nota que te has recuperado, vaya apetito voraz que tienes —comentó entre risas.

Estela fue entonces consciente de la certeza en la afirmación de su huésped. Había despachado cuatro tostadas y varios dulces en el tiempo que dura un sorbo de café.

—Después de la noche que he pasado, es como si tuviera una bestia hambrienta por estómago —contestó, divertida.

Aún despachó otro bollo relleno de crema pastelera cuando dio otro sorbo al café. Se sorprendió de lo mal que le supo, pese a que los anteriores le habían sabido a gloria, como siempre. Jorge había ido a fumar a la salita y, sin embargo, le llegaba el olor a tabaco como si estuviera recibiendo el humo directamente en su cara. Pensó que sería producto del cansancio y la mala noche. Quién sabe si también de la agitación por esta nueva visita de Rafael. Había oído a algún marino decir que, cuando se mareaba por la mala mar, se volvía más sensible a los olores y sabores; y vaya si había tenido «marejada» aquella noche. Mientras se iba a descansar un poco, Lola se quedó con Jorge y Luz en la salita, comentando lo rara que estaba Estela y la extrañeza de que Rafael no se pudiera manifestar por completo en el faro ni entrar en su casa. Y los tres seguían dando vueltas a esa canción que venía a darles una pista (Lola seguía empeñada en que era un mensaje de Gabriel) y que Rafael había parodiado con esa mezcla de burla, asco y desesperación.

Qué bonito

—Ay, qué bonito sería poder volar y a tu lado ponerme yo a cantar como siempre lo hacíamos los dos... —Lola cantaba junto a la ventana de su habitación, mirando al cielo y con lágrimas en los ojos buscando de alguna forma a su amado Gabriel. Le habría gustado poder despedirse de él estando consciente, con su don ahora recuperado para verlo una vez más, sentir su abrazo y besarlo por última vez. Entendía que no pudiera esperar a que ella despertara, que la luz vino a buscarlo una vez concluyó su misión de salvarla de esos malignos influjos que la violación de Rafael habían introducido en su ser. Sin embargo, la impotencia y la rabia la consumían por no haber sido ella quien lo ayudara a cruzar ese umbral eterno: ya que tenía que vivir cuanto le quedase sin él, al menos haber tenido ese último adiós, ese último beso y una última sonrisa; al menos, haber participado de alguna manera en el eterno descanso del amor de su vida.

Se echó a dormir un poco tras la agitada noche en el faro y esos vómitos de Estela. Lo que le resultaba curioso era que se sentía tranquila, no estaba preocupada por su amiga. Y, no entendiendo a qué venía esa calma tras los males de la joven precedidos por esa maldición de Rafael, se angustió un poco. Paradójicamente, esa calma la inquietaba; sin embargo, ella misma se dio una respuesta: probablemente, todo el baile de emociones encontradas que venían pasando todos en las últimas fechas y, especialmente, ella misma los dos últimos años, era más que probable que su mente y la de sus amigos estuvieran lo bastante al límite como para experimentar los choques de sensaciones más violentos. Poco a poco, sus ojos se cerraron y cayó a mitad de camino entre una plácida duermevela y un sueño profundo.

Estela ya se había levantado y estaba en la salita con Jorge y con Luz. Esta decidió probar a limpiar su energía, una vez que la farera les contó lo que sintió tras ese «maldita seas» que Rafael le gritó. La farera se tumbó sobre el *chaise longue* y Luz comenzó con su ritual. Tras concentrarse, entró como en una especie de trance y empezó a pasear sus manos a escasos centímetros del cuerpo de la joven, quedándose estática en unos puntos concretos y trazando formas y símbolos extraños para Jorge, que no perdía detalle, aunque no entendía nada. Sólo sentía una sensación de armonía que, sin lugar a duda alguna, se iba produciendo según avanzaba el accionar de su nueva amiga. Un buen rato después, Luz terminó la sesión y Estela abrió de nuevo los ojos. Se encontraba mejor, con una sensación de calor que nunca había sentido. Entendió entonces una de las facetas de ese trabajo energético del que ella le había hablado.

—Algo pasa —dijo Luz de repente.

En ese momento, Lola bajaba por las escaleras, desesperada. Otra vez la maldita pesadilla. Luz la abrazó, tanto por ofrecer consuelo como para detener la errática carrera de su amiga, cegada por el susto y la ansiedad. Lola rompió a llorar en su hombro. Quizás era lo que más necesitaba después del excesivamente largo vaivén emocional que venía atravesando. Era un deseado desahogo. Estaba en uno de esos momentos en los que crees que ya has llorado todas tus penas, miedos y agobios y te das cuenta de que aún queda más lastre por soltar. Luz la guio hasta el sofá para que se sentara y proceder también a hacerle una limpieza. Pidió a Jorge y Estela que vigilasen a Lola mientras se daba una breve ducha.

—De otra manera, la energía que he limpiado de Estela se mezclará con la de Lola y no será buena idea —aclaró. También pidió a sus amigos que encendieran un poco de palo santo, que no sólo protege de las malas presencias sino que también expulsa las malas energías. Jorge y Estela estaban haciendo un máster en esoterismo y esas cosas que escapan a la vista y los sentidos en esos dos años que llevaban entre visitas, presencias, venganzas y protecciones.

Luz no tardó en volver, con una toalla en la cabeza y un vestido blanco. Decía que el color blanco era importante para reforzar la potencia del ritual. Mientras, Lola estaba narrando su pesadilla a Estela y Jorge. Ese globo terráqueo que se convertía en rayo y la perseguía hasta esa última imagen de la inquietante y calmada dama oscura.

—«Soy tu mundo y por el mundo te perseguiré como un rayo hasta la muerte» —dijo Luz, contestando a la narración de Lola—. Rafael te está amenazando desde que murió.

Los tres se quedaron perplejos al oírla. Algo tan simple, coincidente en el tiempo con la pérdida de los dones de Lola, los extraños sucesos que le habían ido pasando hasta llegar a la noche en que acabó de tirada de bruces a la puerta del faro, se les había escapado hasta esas palabras de Luz. El amante despechado, celoso y violento llevaba tiempo metiéndose en la mente de la médium y tramando cómo hacerle daño, mientras se llenaba de ese odio que lo hacía tan temible y poderoso. Luego fue cuestión de aguardar el momento para atacar.

—Ahora que caigo, ¿no tuviste el primer contacto en la playa? Donde me encontré con el fantasma que se parecía a Jorge, recuerdo que me lo contaste —soltó de repente Estela. Por alguna razón, le vino ese detalle a la cabeza.

—No, bonita mía. Antes fue el roce en la nalga, en mi casa. Pero sí fue donde hubo ese primer manoseo tan desagradable, ansioso e incómodo —respondió Lola—. ¿Por qué lo dices?

—Porque, a lo mejor, en ese lugar hay algún vórtice o algo por donde estén viniendo estas presencias a tocarnos las narices —dijo Estela.

Vaya con la que no sabía de estos temas… Acababa de dar con una tecla que no habían tocado aún. Probablemente, ese cabo suelto que se dejaron tras la batalla del faro fuera clave en el retorno de Rafael a la vida de Lola.

—Vamos para allá entonces —dijo Luz.

Lola asintió. Podía ser cierto o sólo un clavo ardiendo al que agarrarse, pero de repente todos se sentían más cerca de acabar con ese calvario de visitas y venganzas de ultratumba.

Llegaron a la playa. Hacía frío y un poco de viento, pero era soportable y más cuando tenían dentro el calor de unos corazones enardecidos por la esperanza. Se sentían cerca de acabar con Rafael y con todo el rosario de visitas indeseadas. Al llegar al lugar de marras, sintieron unos escalofríos que eran la mezcla entre ansia y temor. A fin de cuentas, contaban con que alguien pudiera salir a defender esa puerta si era verdad que existía y estaba allí.

Una vez que Estela le dijo dónde estuvo con aquel espectro y que Lola confirmó que ahí fue asaltada por su despechado fantasma, Luz se acercó al lugar. Sintió una energía intensa y oscura. Con una mirada, Lola entendió lo que debía hacer a la señal de su amiga, que trataba de contrarrestar la negatividad y putrefacción de esa energía con la luz de sus manos; sin embargo, esa señal no llegó. Antes, una voz paralizó a los cuatro amigos que allí estaban.

—Mi amor, detente —ordenó la voz.

Todos pudieron oírla y reconocerla, aunque para Estela fuera la primera vez. Lola y Luz la habían conocido durante años y Jorge la retenía en su cabeza tras aquel «misión cumplida. Bravo Zulú». Era Gabriel.

—Mi vida, ¿qué haces aquí? Creí que jamás volvería a verte —dijo Lola entre lágrimas de alegría y nostalgia, parpadeando incrédula ante lo que sus ojos le mostraban. De repente, tenía ante sí a su amado sargento Yáñez, con el que no contaba tras aquella despedida. También sabía que ese encuentro sería una suerte de último baile para los dos.

—He aprovechado esta puerta para escaparme una última vez —respondió Gabriel, conteniendo la emoción para no desviarse de lo que tenía que decir a su amada—. Así podremos despedirnos como es debido.

Luz, Estela y Jorge entendieron que sería mejor retirarse un poco y dejarlos solos. Tendrían mucho que decirse, que revelarse y muchos mimos que darse antes de despedirse, esta vez sí, para siempre. Empezaron a hablar entre ellos, buscando más cabos sueltos que atar una vez hubieran acabado con el de esa puerta. Y entendieron que la tranquilidad de Lola era fundamental. Por eso, Rafael no la atacaba cuando trabajaba en la cafetería, donde sacaba ese talante y gracejo suyos, aunque a veces hubiera más de impostura que de ánimo. Comprendieron que la noche que pudo oír a Gabriel, pese a la pérdida de sus dones, fue después de haberse relajado en casa de Estela y Jorge, cuando acabaron las dos retozando en aquel sofá y la farera bromeó recordando la canción del tractor amarillo. Incluso, llegaron a la conclusión de que los dones de Lola se perdieron en el momento en que ella creyó firmemente que su misión en el mundo había acabado con la batalla del faro.

«*Qué bonito cuando te veo, qué bonito cuando te siento, qué bonito pensar que estás aquí, junto a mí; qué bonito cuando me hablas, qué bonito cuando te callas, qué bonito sentir que estás aquí…*» Una música que venía desde el mismísimo cielo sonaba y los tres dirigieron sus miradas hacia donde Lola estaba, en ese momento, abrazando a Gabriel. Ahora sí se despedían. Gabriel hizo un gesto con la mano que los arrastró hacia el lugar.

—Jorge, debes aprender mucho de Lola para saber manejar tu don. Lo vas a necesitar —comenzaba a decir Gabriel—. Luz, qué bien te sienta el nombre, sigue trayendo la luz a las personas que te rodean, hará mucha falta; y Estela, no me olvido de ti: tienes dentro el poder de un ángel, aunque aún no lo entiendas. Gracias a los tres por cuidar a mi amada y desviviros así por ella. Sabiendo que está tan bien acompañada, puedo irme en paz.

Llegó ese último abrazo, esa última sonrisa y ese último beso. El deseo, hasta entonces fallido, de Lola se cumplía en esa despedida. Aunque fuera un momento triste, por fin encontraba esa paz que le faltaba mientras creía que nunca vería de nuevo a ese hombre al que tanto amaba. Gabriel hizo un gesto a Luz, que asentía con la cabeza, y Lola bajó la cabeza al comprender lo que venía después. El sargento Yáñez cruzaba de nuevo el umbral hacia el eterno descanso mientras Luz ponía sus manos en la tierra, entraba de nuevo en trance y Lola extendía sus brazos hacia el vórtice iluminado por donde Gabriel desaparecía. Jorge, movido por el instinto y sintiendo como si unas manos lo empujaran, se puso junto a la médium y extendió sus brazos también. El umbral se fue cerrando mientras sonaba un chirrido, como cuando se cierra una puerta vieja, y un estruendo precedió a un rayo que, en vez de caer, ascendía hacia el cielo. Sonó como un portazo seguido de una explosión y, de repente, todo se quedó en un silencio que sólo interrumpían levemente los tristes sollozos de Lola. Con esa sensación de ternura, paz y tristeza, montaron en el coche y volvieron a la casa. Nadie dijo media palabra, nadie sabía qué decir. Sólo una frase rompió ese silencio:

—Jorge, para un momento. Voy a vomitar.

Una rosa es una rosa

Una vez de vuelta al coche, Estela se encontraba mucho mejor. No comprendía esas repentinas náuseas y, por el contexto, supuso que le pasaba en momentos donde las emociones se disparaban. Bien por el miedo, como había pasado la última noche que Rafael intentó aparecerse en el faro, o bien por la emotividad de un momento tan intenso como la despedida de Lola y Gabriel; sin embargo, esa suposición no terminaba de convencer a la joven: qué no habría pasado cuando tenía las visitas de los espectros y todo el galimatías que traían con ellos y, sin embargo, nunca tuvo esos vómitos que estaba teniendo últimamente. También era cierto que se estaban enfrentando a un espectro más poderoso que todos los que había visto hasta entonces y a movimientos de energía más potentes que cualquiera de los que había vivido.

Llegaron de vuelta a la casa y Estela volvió al sofá. Luz no podría hacerle otra limpieza de energía, toda vez que ya le había hecho una por la mañana, y el trance para ayudar a Lola a cerrar el vórtice de la playa la había dejado exhausta; de hecho, subió a ducharse de nuevo y se fue a la cama. Lola se quedó con Jorge, instruyéndolo sobre esos dones que tenía que aprender a manejar. Aún estaba comenzando, aunque a veces las reacciones instintivas eran su mejor guía. No obstante, Gabriel había hecho hincapié en que iba a necesitar ese aprendizaje y se pusieron ambos manos a la obra.

A la hora de comer, estaban de nuevo los cuatro unidos. Lola parecía aún embargada por la carga emocional que le había supuesto la marcha definitiva de Gabriel, aunque tenía una sensación de paz en su interior. En el fondo, sabía que habían postergado muchísimo ese momento y que, al menos, esa pequeña fuga a través del portal que acababa de cerrar le había permitido enmendar ese adiós que se había quedado incompleto cuando se despidió la primera vez en el hospital. Luz, Jorge y Estela le explicaron también sus conclusiones sobre esos entornos seguros, estados de ánimo que favorecían sus dones y dónde Rafael no podía atacarla.

—¿Y esta casa? Aquí tampoco logra entrar —preguntó Lola.

—Es la pureza y amor que se respira aquí lo que no le deja entrar —dijo Luz, mientras Jorge asentía. Los dos iban a decir lo mismo.

—En tu casa entraba porque llevas años viviendo en el dolor, Lola —prosiguió Jorge, que hablaba con la mirada perdida—. En el hospital, imagina la negatividad de tantos pacientes que llegan enfermos y con dolores. Es el hábitat natural de un monstruo como Rafael; sin embargo, en tu trabajo recuperas tu yo de siempre y no puede hacerte daño. Aquí, llevamos tanto tiempo volcando amor en la idea de ser padres que la casa se ha convertido en una burbuja de pureza y amor que nos protege. Y la propia casa lo rechaza. Él es poderoso, pero no invencible —remachó el joven.

Los ojos de Jorge volvieron a la vida tras ese momento en que había hablado mirando a ninguna parte, como si alguien hablara por su boca. Era consciente de que había hablado y de lo que había dicho, pero el pizzero ahora se sentía como si alguien le hubiera cargado esa idea en la mente y la hubiera disparado a través de su voz. Sabía que no era otra cosa que su don hablando por él, que de repente entraba como en un estado de conciencia diferente y hablaba como un maestro en estas lides, aun siendo todavía bastante neófito. Sin embargo, le resultaba sorprendente y agradable al mismo tiempo encontrar esas respuestas casi sin hacerse pregunta alguna. Era como si vinieran a él cuando menos se esperaba saber qué ocurría. Se sentía seguro a pesar de llevar poco tiempo aprendiendo a usar ese don que había descubierto hacía pocos días en el hospital.

Llegó la tarde y decidieron que, como la casa era un lugar seguro para Lola, se quedara ella allí mientras Jorge y Luz acompañaban a Estela en el faro. Jorge volvería pronto a casa, tendría que estar disponible por si era necesario que fuera a la pizzería. Al menos, ya tenía la tranquilidad de que a Lola no le pasaría nada mientras no saliera de los muros de su hogar. Luz estaría al lado de Estela, que no entendía eso del poder de un ángel que Gabriel le había dicho. Aunque también eso explicaría la inquina y hostilidad hacia ella que Rafael había mostrado la última vez. Así que Lola se quedó escuchando música mientras Jorge acompañaba a las chicas al faro. Iban en coches separados, así Jorge podría volver a la casa dejando un vehículo para cuando las dos regresaran por la mañana. O para acudir si era necesario.

—Qué ambiente tan cargado —dijo Luz al entrar—. Se nota que aquí pasaron muchas cosas y que aún están recientes.

—Es para darte más trabajo, que, si no, te relajas demasiado —bromeó Estela—. Pero es cierto, hasta hace poco me seguía produciendo sensaciones muy extrañas. Hace como un mes y medio que dejé de notarlo.

Luz se sentó en el butacón mientras Estela preparaba café para ella. Ante el desagrado que el propio café le produjo la última vez, prefirió prepararse una infusión. Mientras la tomaba, vio cómo su acompañante encendía incienso y colocaba algunos minerales sobre la mesa. Al poco, el aire parecía más agradable y las dos se sintieron un poco más a gusto. Sin duda, aquella estancia venía pidiendo a gritos desde hacía tiempo una buena limpieza de energía. Pronto, sin abrir las ventanas, el ambiente parecía renovado y acogedor. Y se agradecía no necesitar que entrase aire de fuera, porque estaba empezando a llover.

Estela pasó la primera ronda acompañada de Luz, como otras noches lo había hecho con Lola. A la vuelta, la lámpara de la salita hizo un leve guiño; sin embargo, pese a varios amagos, no llegó a oscurecerse.

—Maldita seas, Estela —sonó la voz de Rafael.

Sin tiempo para más, las chicas sintieron cómo se alejaba sin haber podido siquiera acercarse.

—¿Por qué la habrá tomado así conmigo? —quiso saber la farera.

Luz se encogió de hombros. Era imposible saber qué le pasaba al espectro con la joven. Tampoco le dio tiempo a pensarlo mucho, ya que enseguida estaba sujetando la frente de Estela junto al retrete. Luego, tras un poco de aseo por parte de la farera, volvieron a la salita. Luz se deshizo en mimos y arrumacos con la joven. Poco después, comenzaron a llegar los besos. Desde aquel leve tonteo, ambas tenían más ganas la una de la otra y en ese momento estaban solas en el faro y sin amenazas o interrupciones de ningún tipo.

Jorge y Lola seguían hablando, buscando más cabos sueltos que atar. Ya tenían claro que ella tenía que mantener su ánimo intacto y sentirse segura en todo momento para que sus poderes estuvieran en condiciones para derrotar a Rafael. Sabían que ahora tendrían menos preocupaciones con el portal de la playa cerrado. Entendían que Luz sería clave, pues su capacidad de limpiar energías facilitaba la tarea de Lola y Jorge en esa batalla que estaba por llegar y, suponían, sería inminente. Y quedaba descifrar qué era eso del talismán y el poder del ángel que, según Gabriel, albergaba Estela.

—Habría sido de ayuda ese poder en el faro —pensó Jorge en voz alta.

—Y que lo digas… Lo que vivió la pobrecilla mía ahí, bonito —agregó Lola.

—Como para olvidarlo…Ahí la visitó Mireia. Luego aparecieron presencias casi cada noche. Más tarde empezaron a aparecer en casi cualquier sitio. Pero el faro… —Jorge se quedó un momento en silencio, como si acabara de darse cuenta de algo—. … ¡El faro es otro portal!

Lola trataba de procesar lo que oía de Jorge. Era curioso cómo avanzaba a la hora de sacar conclusiones, aunque todavía le quedaba mucho para dominar sus capacidades. También era cierto que en unos pocos días no se podía pedir mucho más.
—Tiene sentido —continuó Jorge—, ahí apareció Mireia, todo el grupo de espectros, ahí redimimos a la propia Mireia y a Raúl, ahí vencimos a Carlos… —tragó saliva un instante, consciente de lo que iba a decir—. … Y ahí sufriste el ataque de Rafael.
—Tienes razón, vayamos a por mi coche. Tengo una idea. —La voz de Lola volvió a sonar tan decidida que no sólo Jorge no se atrevía a discutirle ni preguntarle, sino que entendió que ya tenía claro lo que había de hacer.

El coche estaba en casa de Lola, pese a que la última noche que lo condujo fue la del ataque en el faro. Sin embargo, cuando Lola ingresó, Jorge y Estela se encargaron de ir a recogerlo y dejarlo ahí, presto para cuando su amiga saliera del hospital. No sabían aún la historia de Rafael ni lo que le había pasado a su amiga en aquel paraje. Lola abrió el buzón, donde Jorge había dejado las llaves desde entonces y se pusieron rumbo al faro. Lola salió primero, dejando de manera deliberada y consensuada a Jorge detrás, a quien pidió unos minutos de ventaja y que fuese despacio hacia el faro. Su plan para acabar con Rafael incluía unos minutos sola al pie del faro para atraer al espectro. Había cortado una rosa blanca del rosal que crecía junto a la esquina norte de la casa, dejando un tramo largo del tallo y sin entretenerse en cortar sus espinas. Sabía lo que Rafael quería de ella y se lo iba a dar, aunque no de la forma que él querría.

Luz y Estela permanecían tumbadas en el pequeño sofá de la salita del faro. Su desnudez y el aliento que les faltaba eran delatores de que habían liberado ese deseo que seguía latente desde la primera noche en que ambas descansaron en la casa de la farera. Acababa de quedar atrás el recital de caricias que se habían dispensado, los besos largos y ardientes, los cuerpos sudorosos al calor de la lujuria que habían desplegado en el deseado arrebato, los mordiscos, las succiones y los viajes de cada lengua por la piel del cuerpo ajeno. Relajadas, en silencio, sólo con sus corazones acelerados y su respiración jadeante, hasta que el móvil de Estela sonó. Luz lo cogió, dejando a su amante reposar un poco más. Jorge las estaba poniendo al día y avisando de que estuvieran prestas para una nueva batalla en el faro.

Lola repasaba su plan mientras Jorge, una vez acabó la llamada para que las chicas estuvieran alerta, salió hacia el faro. Iba despacio, como su amiga y maestra le había pedido, para concederle esos minutos que la convirtieran en un aparente blanco fácil para el espectro. Ella ya estaba allí portando la rosa entre sus manos. Había bajado del coche y se dirigía lentamente hacia donde recordaba que Rafael la había abordado mientras trataba de recuperar la tea apagada de palo santo.

—¿No tuviste bastante, bonita? —La voz de Rafael sonó burlona y amenazante, con especial sorna al decir «bonita»—. ¿Vienes a por más? ¿Te gustó de muerto lo que no quisiste de vivo? —La pregunta, junto con la voz, sonaba tan repugnante como su significado.

—Eres un cerdo, Rafael. Lo fuiste en vida y lo eres después de morir. Vas a pagar caro lo que me hiciste aquí, donde me infligiste tanto daño. Por poco no lo cuento, pero aquí estoy, recuperada y lista para acabar contigo —respondió Lola con una voz tan firme como solemne antes de escupir al suelo. Sus ojos centelleaban y su aura se volvía luminosa, casi como la propia luz del faro.

—¿No te parece que pagué bastante? —Rafael señaló esas extrañas marcas y cicatrices que tenía por todo el cuerpo—. No soportaba estar sin ti. Te buscaba, te perseguía, tú me ignorabas. Yo sufría mientras tú te paseabas sonriente con ese marinerito de uniforme blanco. Yo no pude tener ni tu cuerpo, mientras él te tuvo media vida. Bebí hasta reventar, me drogué más que nunca y prendí fuego a mi casa conmigo dentro. ¿Te gustan mis cicatrices? Así morí, entre insufribles dolores mientras tú follabas y reías con el sargentito ese. Pero ni un pelo te movió la conciencia. Eres una…

—¡Basta! Te dejé por pegarme, por tus borracheras y tus idas y venidas por el aire con las drogas. ¿Y me echas la culpa a mí y a Gabriel? Él, por lo menos, me trató con respeto. Tú sólo has sido capaz de violarme después de muerto. Casi de costarme la vida mientras que él me la dio incluso después de morir. ¿Qué vienes tú a pedirme ahora? ¿Qué quieres ahora de mí?

—Quiero tu sangre. Quiero verte sangrar, sufrir, quiero tu dolor, herirte hasta que tú misma me pidas que te dé la muerte. —Rafael sonaba más sádico que nunca, escupiendo sus palabras.

—Quise cortar la flor más tierna del rosal, pensando que de amor no me podría pinchar… —Lola recitaba burlona mientras agarraba el tallo de la rosa fuertemente con las dos manos y extendía los brazos, como si usara la rosa como protección contra su despechado y repugnante enemigo.

Jorge llegaba en ese momento mientras Luz salía ya por la puerta del faro. Estela se quedó dentro, detrás de la puerta, sin saber muy bien qué hacer ni a qué poder se refería Gabriel con eso del ángel. No tenía claro hasta qué punto serviría de ayuda. Rafael, ciego de odio e ira, se lanzó a por Lola sin prestar atención a quienes llegaban.

—¿Qué cantas, maldita loca? ¡Quiero tu sangre! —gritó Rafael antes de lanzarse a por su otrora amada y ahora odiada Lola.

—¡Tómala pues! —gritó Lola, cuyas manos sangraban por las espinas de la rosa. Agitó sus manos hacia delante, haciendo caer gotas de su sangre sobre el espectro, que daba terribles alaridos de dolor.

Entonces, Luz se colocó delante de su amiga, mientras Jorge se puso al lado de Lola y extendió sus brazos, rechazando la presencia de Rafael. Los dos, Jorge y Lola, envueltos en esa luz blanca, dañaban al fantasma mientras la sangre de Lola y la energía de Luz lo debilitaban, limpiando de podredumbre esa energía contaminada por el odio del atacante. Las luces de maestra y discípulo eran como una lanza atravesando la figura de Rafael. Este, en un gesto desesperado como la brazada de un náufrago en alta mar, soltó un manotazo al aire que desplazó violentamente a Luz, haciéndola caer unos metros hacia un lado.

Acto seguido, Jorge se colocó delante de Lola y siguió concentrando sus fuerzas contra el espectro y reforzado por Lola, cuya aura parecía elevarse aún más. Luz, aún aturdida por el golpe al caer, se levantó del suelo y se colocó al lado de Jorge en defensa de su amiga, volviendo a su tarea. Rafael seguía recibiendo el ataque conjunto de los tres amigos, mientras Estela observaba desde detrás de la puerta. Pese a que se trataba de un solo espectro, el combate estaba siendo mucho más largo que hacía dos años. También era cierto que el frasco de las lágrimas de Jorge y sus padres había sacado el odio de Mireia y Raúl, haciendo que estos destruyeran a Carlos al proteger al joven. Sin embargo, Rafael era más poderoso, con más odio, y ellos no tenían esta vez espectros aliados ni frascos que nadie hubiera llorado.

Lola volvió a retorcer sus manos contra el tallo de la rosa, salpicando a su enemigo de nuevo con su sangre. Esta, impregnada de la energía de Gabriel mientras él estuvo morando en su cuerpo, hacía daño al fantasma. Rafael lanzaba ataques desesperados que los tres que lo enfrentaban resistían como podían. Pero Luz empezó a agotarse y Rafael pudo volver a sacudirse su presencia con otro manotazo al aire que la desplazó hasta la puerta del faro.

—¡Luz! —gritó Estela, corriendo por instinto a donde había caído su amiga, sin percatarse de que Rafael la había visto y, con ella, veía un blanco perfecto.

Como cogiendo impulso para dar un fuerte empujón al aire, hizo retroceder su brazo izquierdo y lo lanzó hacia delante, empujando una suerte de palanca imaginaria y lanzando un haz de luz negra hacia la joven. Esto hizo que Jorge se lanzara a cortar la trayectoria de ese chorro de energía pútrida que su oponente había lanzado hacia su amada, dejando de proyectar su propio poder y recibiendo de lleno el ataque. El muchacho yacía inerte en el suelo, respirando con dificultad y muy dañado por el impacto de odio que acababa de encajar. Sin embargo, Rafael también se había descuidado al lanzar el ataque contra Estela y recibió un impacto de la luz blanca de Lola que lo hizo desvanecerse. La médium corrió hacia sus amigos y colocó a Luz semisentada contra el muro de la propia base del faro. Luego, trató de colocar a Jorge, ayudada por Estela en la misma posición. De repente, un fuerte olor a putrefacción volvió a llenar el ambiente.

—Con una bofetada de monja como esa no vas a acabar conmigo —aseguró Rafael con una risa tétrica.

Rafael echó sus brazos hacia atrás por encima de su cabeza y, con un gesto rápido y seco, lanzó otro haz de energía oscura, más intenso que el recibido por Jorge. Lola veía como ese ataque iba a alcanzarla de lleno. Era evidente que haberse descuidado para socorrer a Luz y Jorge iba a ser fatal para ella. Cerró los ojos, resignada a morir con ese golpe y orgullosa de haber dejado la vida por sus amigos. Sin embargo, el ataque no la alcanzó y, al abrir los ojos, vio una silueta esbelta y femenina con los brazos en cruz, emanando una luz dorada como nunca había visto y protegiéndola de ese ataque que pretendía ser su final. ¡Era Estela!

En un acto instintivo, movido por el puro amor entre amigas, por la gratitud hacia quien la había salvado dos años antes y por el mero instinto de protección hacia sus seres queridos, Estela se había interpuesto entre Lola y el furibundo ataque de Rafael. Ese golpe de oscuridad reconcentrada alcanzó a la joven a la altura del pecho y el vientre, sin hacerle ningún daño, volviéndose dorada su luz y regresando con más violencia hacia el espectro que lo había lanzado. Rafael había sido alcanzado por su propio ataque; comenzó a desvanecerse y el olor a podrido se atenuaba hasta irse del todo, al tiempo que Rafael desaparecía para siempre. Con el fin del oscuro fantasma, sus efectos sobre Jorge desaparecieron y empezó a moverse y a tratar de levantarse. Luz ya despertaba, aunque estaba bastante magullada por los dos bruscos aterrizajes sobre el pedregoso suelo.

Estela estaba en *shock* por lo que había pasado. Había sido una especie de acto reflejo interponerse para proteger a Lola, pero no tenía ni idea de cómo el ataque no había tenido ningún efecto sobre ella y había vuelto multiplicado contra el agresor.

—Al final, va a ser verdad lo que decía Gabriel. ¿Me habrá poseído un ángel? —preguntó.

—No, bonita mía —respondió Lola, que parecía haber caído en la cuenta de lo que era «tener dentro el poder de un ángel»—, es más sencillo. Tu casa era segura contra él por todo el amor que estabais poniendo en prepararla para poneros con lo del bebé. A Luz no le pudo hacer daño hasta que se agotó, porque su energía es pura. Y tú, querida, tienes el mayor exponente de amor y pureza dentro de ti: la pureza de un bebé y el amor de una madre. Demasiada luz para vencer el odio que traía este infeliz.

—¿Yo? —preguntó Estela, incrédula.

—No te ha poseído ningún ángel, tesoro. —La sonrisa de Lola se volvió tierna—. En todo caso, te ha poseído este diablillo —dijo, señalando a Jorge—. Enhorabuena, bonita, estás embarazada. Ese era el poder del ángel que tienes dentro —concluyó, mientras abrazaba a la farera.

Jorge consiguió levantarse y abrazar a su amada, que aún estaba en los brazos de Lola. Luz se unió a ellos una vez que recuperó el aliento. Lola fue la primera en zafarse de tantos brazos y salir de aquel abrazo de grupo.

—No quiero ser aguafiestas, pero aún tenemos que cerrar el portal. No sé vosotros, pero la próxima visita prefiero que traiga galletitas de coco o un buen vino —comentó, provocando las risas de los demás. Estaba claro que el gracejo de Lola también había vuelto.

Epílogo

Coraje de vivir

Jorge llevaba horas fumando como un poseso, mientras Lola y Luz mataban el tiempo como podían en la sala de espera. Estela llevaba bastante tiempo en la sala de parto y no sabían nada aún. Habían pasado unos cuantos meses desde que ese bebé que estaba a punto de nacer confirió a su madre los poderes para ser el escudo con el que Rafael fue derrotado. La pureza del bebé y el amor infinito de su madre habían sido la magia necesaria para vencer al odio con que aquel repulsivo espectro había intentado llevar a cabo su retorcido ataque contra Lola.

Al mismo tiempo, otro poder había reforzado aquel arma de pureza y amor: la amistad. Los cuatro amigos sabían que, unidos, no habría ente de ultratumba que pudiera acabar con ellos. Ahora, además, estaban convencidos de que no habría nada más que temer tras haber vencido a los fantasmas y cerrado los portales de la playa y el propio faro.

—Jorge, rápido, ven aquí —llamó Lola por las escaleras,, donde Jorge se escondía para fumar.

Jorge voló escaleras arriba con el corazón en la boca. Ahí estaban las chicas, menos Estela, esperándolo en compañía de

133

una doctora. Todas estaban en silencio, esperándolo. Precisamente, ese silencio puso más nervioso aún al muchacho, que temía alguna complicación o alguna noticia que aguara el día del nacimiento de ese bebé tan deseado como esperado. La tensión podía palparse hasta que la doctora le dijo que todo había salido bien y todos estallaron de júbilo.

—Esperad un poco más. Os avisaremos cuando la pasen a la habitación y podáis conocer al pequeño —indicó la doctora.

El tiempo parecía haberse lastrado para pasar más despacio, o eso les parecía por la impaciencia que les llenaba. Estaban deseando ver a Estela tras el parto y observar por vez primera la carita del bebé. De alguna manera, sin más creencias de por medio que lo vivido, iban a conocer a su salvador. Por fin, se les avisó, tras unas interminables horas, de que Estela estaba ya en planta, en su cama, mientras preparaban al bebé para ponerlo en brazos de su madre.

—Estela, bonita, ¿cómo estás? —preguntó Lola, abrazándose a su amiga.

—Un poco dolorida, eso de la epidural… —Estela hizo un gesto que daba a entender que no le había servido de mucho.

—Estás exultante, Estela. Tu energía está desbordada —le dijo Luz con una sonrisa que bien hacía honor a su nombre.

—Gracias, mi vida, por hacerme de nuevo el hombre más feliz del mundo. —La voz de Jorge temblaba y lágrimas de emoción inundaban sus ojos antes de correr por sus mejillas mientras colmaba a su amada de besos y mimos.

Estela no podía decir nada. Se encontraba dolorida y cansada, pero feliz como nunca lo había estado. Después de tanto tiempo lidiando con el lado oscuro de la muerte en el faro, por fin vivía en carne propia el milagro de la vida. Sólo pudo articular palabra para pedir que le subieran un poco la cama y la dejaran semisentada. Fue entonces cuando le trajeron a su hijo, un bebé grande, con ojos claros y unos mofletes que serían la tentación de cualquier abuela. Miraba bastante espabilado a su alrededor y parecía acurrucarse cuando lo pusieron sobre el pecho de Estela, que lo sujetaba con una mezcla de emoción y miedo a que se le cayera, apretándolo contra sí y besando su frente.

—Lola, tus misiones en este mundo no han acabado —dijo Estela con voz seria y solemne, como si un guía espiritual la hubiera poseído—. Jorge y yo tenemos un nuevo encargo para ti. Queremos que seas la madrina de nuestro hijo.

—¡Claro que sí, tesoro! —exclamó Lola, emocionada—. Lo cuidaré, lo protegeré…

—Siempre hay una meta más —le dijo Jorge con una sonrisa de felicidad suprema—, siempre hay algo por lo que vivir. Y el coraje de vivir que te faltaba acaba de nacer y llegar a tu vida.

—¿Cómo lo vais a llamar? —preguntaron Lola y Luz al mismo tiempo.

—Con esa planta que ya tiene de recién nacido, es imponente como su padre —añadió Lola.

—Gabriel. Se va a llamar Gabriel —le dijo Jorge.

Lola ya no supo qué decir. El coraje de vivir, le había dicho Jorge y le recordaba a una canción que había escuchado de los hermanos Flores homenajeando a su madre. Gabriel, le habían dicho los padres que llamarían a su hijo. «El coraje de vivir y no morir» resonaba en su mente. Se abrazó a Luz, llorando a moco tendido sobre su hombro. De repente, sentía que todas las pasadas amarguras tenían su recompensa con la llegada de ese niño y el amor y amistad verdadera de Estela y Jorge, unidos, además, al reencuentro con Luz después de tantos años. La vida, por fin, le sonreía.

Pasaron un par de semanas y Estela se encontraba mucho más recuperada. El bebé parecía crecer por minutos y sus padres tenían buen aspecto, a pesar del cansancio propio de quien tiene que levantarse por la noche para cambiar un pañal de vez en cuando. No obstante, la felicidad era todo el aire que se respiraba en el hogar de Estela y Jorge. Luz y Lola llegaron con algunas viandas que se sumarían a las que sus anfitriones tenían preparadas. Estaban celebrando la vuelta a casa de la feliz familia. Música, refrescos y una agradable comida juntos era el broche a esta nueva etapa en que habían tenido que enfrentarse de nuevo a fantasmas del pasado.

—Oye, Luz, sólo faltas tú. No tendrás por ahí algún pretendiente despechado, ¿no? —bromeaban Estela y Lola, mientras Jorge iba por enésima vez a asegurarse de que el pequeño Gabriel aún dormía. Todos reían y disfrutaban —ya les tocaba— de los últimos y felices eventos, dejando en segundo plano lo vivido apenas unos meses atrás.

Al poco rato, Jorge estaba de nuevo con las chicas y abría una cerveza. De repente, desde la cocina, un olor a podrido empezó a llegar a la salita. Lola, alarmada, comenzaba a buscar de dónde venía, temiendo lo peor.

—Jorge —dijo Estela—, ¿quieres sacar la basura de una vez?

Setlist

Pisando fuerte (Alejandro Sanz)
Estoy por ti (Amistades Peligrosas)
El tractor amarillo (Zapato Veloz)
20 de abril (Celtas Cortos)
Corazón indomable (Camela)
Se le apagó la luz (Alejandro Sanz)
Amores extraños (Laura Pausini)
Siete vidas (Antonio Flores)
La cosa más bella (Eros Ramazzotti)
No puedo vivir sin ti (Coque Malla)
Maldito duende (Héroes del Silencio)
Cuéntame al oído (La Oreja de Van Gogh)
El talismán (Rosana)
Qué bonito (Rosario Flores)
Una rosa es una rosa (Mecano)
Coraje de vivir (Antonio Flores)

Agradecimientos

A la editorial ExLibric, por supuesto, por seguir contando con mis obras y por su buen hacer.

A mi querido Carlos Rodríguez, más que un compañero de ferias del libro, un amigo y confidente, además de un gran profesional.

A mi padrino literario, Luis Alfonso Beltrán Grau, por su impulso y apoyo constante.

A mis lectoras cero: Mel Gómez, Patricia María Gallardo, Rosa Luque y María Cuppelli.

A cada persona que ha seguido creyendo en mí libro tras libro, y a las que no, también.

A don Antonio Atienza, referente del periodismo en mi San Fernando natal y que hace un año me hizo la mejor entrevista que me hayan hecho nunca. Además, fue quien me dio la alternativa como columnista en *San Fernando Información*. Descansa en paz, mi querido amigo.

A cada local que me ha cedido algún espacio para firmas y presentaciones de forma desinteresada y que tratan de apoyar a los que empezamos esta aventura.

A cada autor y autora que he ido conociendo todo este tiempo: Miguel Ángel Rincón, Neera Milena, Salvador Alba, David López Cepero, Manuel Ostos, Belén Muelas, Laura Rodríguez, Seti Falcón, Gaby Taylor y un sinfín de personas que me dejo en el tintero.

Y a vosotros, ojitos que me leéis. Sin vosotros, todo esto sería en vano.

Índice

Sobre el autor

John Sullivan (San Fernando, Cádiz, 1980). Después de ganar las ediciones 2018 y 2019 de los Premios Pimienta, organizados por Parlib y la revista *Gente Libre,* se decide a publicar *Nombres de mujer* (ExLibric, 2021), una recopilación de sus mejores relatos eróticos hasta la fecha. En 2022, publica *El faro de Estela*, una novela corta donde el erotismo, marca de la casa, y el misterio se alían para transmitir un mensaje de amor, perdón y redención.

Este isleño afincado en Neda (A Coruña) es aficionado a la música, a la lectura y al cine, siendo además muy activo en redes sociales. Desde 2022 es columnista de opinión para *Andalucía Información* en su edición de San Fernando.

A petición de sus lectores, nos trae en 2024 *Lola, después del Faro*, un *spin off* de *El faro de Estela*. Lola, personaje secundario en su anterior obra, será la protagonista de una historia en la que la amistad, la música y el eterno conflicto entre el amor y el odio serán el motivo principal de esta novela corta.